मसाज

मसाज

लेखक

विजय तेण्डुलकर

अनुवादक

सुषमा बक्षी

वाणी प्रकाशन

वाणी प्रकाशन
4695, 21-ए, दरियागंज, नयी दिल्ली 110 002
शाखा
अशोक राजपथ, पटना 800 004
फ़ोनः +91 11 23273167 फ़ैक्सः +91 11 23275710
www.vaniprakashan.in
vaniprakashan@gmail.com

MASAAJ
by Vijay Tendulkar
Translated by Sushama Bakshi

ISBN : 978-93-5000-016-8
Play

प्रथम संस्करण 2009
आवृत्ति संस्करण 2014

मूल्य : ₹250

पूजा ऑफ़सेट, दिल्ली-110 093 में मुद्रित

वाणी प्रकाशन का लोगो मक़बूल फ़िदा हुसेन की कूची से

अपनी बात

यूँ देखा गया है कि अपना ज़्यादातर लेखन मैंने प्रथम पुरुष एकवचन ('मैं') में किया है।

'मसाज' की दास्ताँ भी ऐसे ही किसी एक 'मैं' की व्यथा के रूप में शुरू हुई।

यह 'मैं' मैं नहीं था, जैसे आत्मकथन के अलावा मेरे अन्य प्रथम पुरुष लेखन का 'मैं' मैं नहीं होता। 'मसाज' का 'मैं' एक ज़माने में मेरी ज़िन्दगी में आकर रहा था। बीच में उसका देहान्त हो गया और उसकी देखी हुई ज़िन्दगी मेरे मन को घेरे रही।

कोई भी ज़िन्दगी केवल दुःखी या सुखी नहीं होती। देखने वालों को वह वैसे दिखती है।

'मसाज' का 'मैं' भी इस ठोस वर्ग में बिठाया नहीं है। उसकी भ्रमित और इकलौती ज़िन्दगी को मैंने अपने हिसाब से खोजा है।

लिखते वक़्त शुरू में, मंचन का ख़याल नहीं था मन में, पर लेखन के दौरान नायक के चेहरे पर विधाता की मुस्कुराहट बार-बार नज़र आ रही थी। नायक के यानी मेरे दोस्त की ज़िन्दगी में घटित कई प्रसंगों के बारे में सोचेंगे तो यह मुस्कुराहट बिल्कुल तर्कसंगत नहीं जान पड़ेगी। फिर भी, वह थी।

इसे लिखते हुए, इसमें छिपे कई प्रसंग जब दृष्टिगोचर होने लगे तब इसके मंचन की ज़रूरत महसूस होने लगी। वह मुस्कुराहट नज़र आती तो मेरे दोस्त की ज़िन्दगी में जो वैसे तो बेवजह थी, मुझे एक असाधारणता नज़र आयी थी। वही असाधारणता इस ज़िन्दगी के दर्शकों को महसूस होने वाली थी।

सन्देश कुलकर्णी और निखिल रत्नपारखी जैसे युवा रंगकर्मियों ने यह ज़रूरत पूरी करने में कोई कसर नहीं बाक़ी रखी। मधु जोशी और उसकी मुस्कुराती ज़िन्दगी रंगमंच पर जीवित की। यह कैसे हुआ, इसकी दास्ताँ इस किताब के अन्त में सन्देश ने बयाँ की है।

–विजय तेण्डुलकर

नमस्कार

नहीं, कोई वजह नहीं। ऐंवे ही। बचपन से बाप ने आदत डाली। बड़े बुज़ुर्ग नज़र आयें तो नमस्कार करना। मैं ख़ुद बुज़ुर्ग होता जा रहा हूँ, इसका ख़्याल ही नहीं रहता। ख़ुद को अब भी छोटा ही महसूस करता हूँ या हर गुज़रते साल के साथ अपने लिए मैं छोटा ही हो रहा हूँ। पहले बढ़ता था। उम्र के हिसाब से बड़ा दिखता हूँ, कहते थे देखने वाले। मुझे भी फिर अपने बड़प्पन का अहसास होने लगा। ख़्वाब देखने लगा। मैं बहुत बड़ा हो रहा हूँ। एयरफ़ोर्स में पायलट। नहीं तो नेशनल फ़ेम का क्रिकेटर। जब देखा कि इनमें से कुछ भी होने से रहा तब सोचा कि फिगर है, हीरो तो बन ही सकता हूँ। दिखने में भी कुछ बुरा नहीं हूँ। तब के कई नायकों को देख कर मैं ही कहता था कि इनसे तो बेहतर ही दिखता होऊँगा। देखने वाला कोई कहता, तू फ़िल्मों में क्यों नहीं जाता? ज़िन्दगी बन जायेगी।

गया। तरफ़दारी नहीं, किसी से पहचान नहीं। बाप, दादा, चाचा—कोई भी नहीं था फ़िल्मों में। सब फ़िल्में देखने वाले।

कम्पनी के गेटकीपर को समझाने से लेकर मुश्किलों की शुरुआत। जैसे-तैसे उसे पटा कर अन्दर घुसा तो डायरेक्टर साहब का चपरासी। उसको रास्ते से हटाया तो सेक्रेटरी ने रास्ता रोका, वह भी महिला सेक्रेटरी ने। पत्नी क्या होगी जितनी बॉस के बारे में यह पज़ेसिव थी। वह तो मिलने ही न देती पर मैं उसके सामने खड़ा था। तभी डायरेक्टर ही टॉयलेट जाने के लिए केबिन के बाहर आये और मैंने मौका साधा।

लीला देखिए, भगवान की हो या कुदरत की—किसी को फलाँ समय या टॉयलेट लगना भी किसी की ज़िन्दगी को नया मोड़ दे सकता है।

तो, डायरेक्टर साहब को बाहर देखते ही मैंने उनका रास्ता काटा और पहले

प्रणाम किया। वह सब करते वक़्त मेरे चेहरे पर अनजाने में ही ऐसी ही—जैसी अब है—मुस्कुराहट थी। वैसे अन्दर से बहुत डरा हुआ था। यह डर तो था ही कि यह अपनी बात सुनता भी है या अपने को लाँघ कर आगे निकल जाता है। डायरेक्टर साहब वैसे मुझे टाल कर आगे बढ़े भी—शायद जल्दी में थे। पर क्या है कि मुझे हुतूतू, कबड्डी की अच्छी प्रैक्टिस थी। मैंने बड़ी चपलता से रास्ता रोका। हाथ जोड़े हुए, चेहरे पर मुस्कान। कुछ आशंका से डायरेक्टर साहब ने मेरी ओर दूसरी बार देखा और मेरे नमस्कार का जवाब दिया। चूँकि मैं मुस्कुरा रहा था, उन्हें लगा होगा कि मैं उनकी जान-पहचान वालों में से ही हूँ पर चेहरा प्लेस नहीं कर पा रहे हैं। मेरी तरफ़ उसी तरह देखते हुए बोले, ''अन्दर बैठो, अभी आता हूँ।'' वे चले गये।

लड़ाई जीतने की-सी खुशी में मैंने उनके केबिन में प्रवेश किया। खड़ा ही रहा। फिर याद आया कि उन्होंने बैठने को कहा था। फिर साहस के साथ एक कुर्सी पर बैठ गया, बस!

केबिन में हर तरफ़ फ़िल्मों की जुबलियों की एक-से-एक चमकीली ट्रॉफियाँ रखी थीं। लगता था, जैसे किसी ने उसी समय पोंछ-पोंछ कर उन्हें साफ़ किया था। साथ ही डायरेक्टर साहब द्वारा निर्देशित फ़िल्मों के हीरो-हीरोइनों की फ्रेम की हुई तस्वीरें मेरी तरफ़ ऐसे देख रही थीं मानो कह रही हों कि यह कौन तीसमार खाँ यहाँ कुर्सी पर विराजमान हुआ है। देख कर ही मैं दुबक-सा गया। ऐसा लगा जैसे मैं यहाँ बैठने के लायक ही नहीं हूँ। मैं कोई तुच्छ जीव हूँ। पर डायरेक्टर साहब की घूमती कुर्सी के पीछे शायद उनकी माँ की और दूसरी साईं बाबा की दो बड़ी हार लगी तस्वीरें दीवार से मेरी तरफ़ ऐसी वत्सल निगाहों से देख रहीं थीं जैसे कह रहीं हों—बेटा, निराश न हो। श्रद्धा रख। सब्र कर।

मैं अस्वस्थ तो था फिर भी हिम्मत के साथ डटा रहा। तभी डायरेक्टर साहब की तीखी सेक्रेटरी किसी काम से अन्दर आयी। उसकी इजाज़त के बग़ैर यह नत्थू ख़ैरा सीधे कैबिन में घुस गया क्या! मुझे देखते ही ऐसा भाव उसके रंगीन चेहरे पर उभरा। एक सिकुड़न-सी भी आयी माथे पर। वह कुछ कहने ही वाली थी कि मैंने कह दिया, ''साहब ने मुझे बैठने को बोला है।''

बॉस ने बैठने दिया है तो होगा कोई काम—यह सोच कर मेज़ पर कुछ काग़ज़ रख कर मेरी तरफ़ एक तीखी नज़र फेंकते हुए वह चली गयी।

मैंने कहा, चलो। तर गया।

डायरेक्टर अपना नित्यकर्म करके लौटे। मैं आदर से खड़ा हो गया। अन्दर से डरा हुआ था पर चेहरे पर ऐसी ही हँसी रहने दी थी।

"बैठो बैठो।" मुझे देख कर कुर्सी की तरफ़ बढ़ते हुए उन्होंने कहा।

मज़े की बात यह है कि मूलतः गम्भीर और कुछ उग्र प्रकृति का होने के बावजूद मुझे देखते ही उन्हें हँसी आयी। हँसते हुए कहा, "तू हमेशा हँसता रहता है क्या?"

मैंने गर्दन हिला कर हामी भरी।

"अच्छी सूरत है तेरी।" उन्होंने कॉम्प्लीमेंट दे दिया। मैं तो जैसे बाग़-बाग़ हो गया। अब तो काम न भी मिलता तो मुझे मंज़ूर था। इतने बड़े डायरेक्टर को अपना चेहरा पसन्द आया, इससे बढ़ कर मैं और किस चीज़ की तमन्ना कर सकता था? वह अगर कहते भी, अच्छा, अब तू जा, तो मैं सुकून के साथ वहाँ से चल देता। इतना सुख मुझे मिला था उनके एक वाक्य से। पर डायरेक्टर साहब ने तुरन्त पूछ लिया, "क्या काम था?"

जवाब देने लगा तो गले में कुछ अटक गया। जैसे-तैसे कहा, 'काम चाहिए था।"

"अच्छा?" हैरानी भरी निगाहों से मुझे देखा और कहा, "क्या काम करोगे?"

मेरे चेहरे को ग़ौर से देखते हुए उन्होंने खुद से ही यह सवाल किया था।

मैं कहने वाला था कि आप जो भी रोल देंगे, करने के लिए तैयार हूँ। चाहें तो एक्स्ट्रा का दे कर देखिए, मैं तैयार हूँ पर मुझे ऐक्टिंग ही करनी है।

वैसे तो यही ठान कर बड़ी मुश्किल से स्टूडियो में घुसा था पर दिल की बात बाहर आने से पहले ही ज़बान कह बैठी, "कुछ भी। कुछ भी करूँगा।"

उन्होंने कहा, "अच्छा! कल नौ बजे आ कर मिलना।"

पहली बार पता चला कि हवा में उड़ना क्या होता है, क्योंकि शायद उसी अवस्था में मैं स्टूडियो के बाहर आया और तब ख़याल आया कि मैंने क्या गड़बड़ कर दी। दिल की बात दिल में ही रह गयी थी। कुछ और नहीं, सिर्फ़ ऐक्टिंग करने के लिए, हीरो बनने की आकांक्षा से ही स्टूडियो में घुसा था।

फिर सोचा, कोई बात नहीं। अन्दर तो आ ही गया हूँ। अब आगे का अपने ही हाथ में है। बचेंगे तो और भी लड़ेंगे।

अगले ही दिन साढ़े आठ बजे स्टूडियो में हाज़िर हुआ। दरबार पर रौब झाड़ते हुए कहा, "डायरेक्टर साहब ने बुलाया है। चाहो तो फ़ोन कर के पूछ लो। पूछो...पूछो ना?...पूछो।"

वैसे मुझे यक़ीन था कि वह अगर फ़ोन करता तो डायरेक्टर साहब को हरगिज़ यह याद नहीं आता कि उन्होंने किसे बुलाया था। और डायरेक्टर के

सेक्रेटरी को फ़ोन करता तो फिर तो सवाल ही नहीं पैदा होता था। पर मेरे आत्मविश्वास ने मुझे बचा लिया। मुझे अन्दर छोड़ आया गया।

उस दिन डायरेक्टर साहब के चौथे असिस्टेंट के रूप में मुझे नियुक्त किया गया। और तो और, कई बार बुलाने के बाद भी जब हीरोइन सेट पर नहीं आयी तो उसे लाने के लिए मुझे भेजा गया। मुझसे कहा गया, चाहे जितना समय लगे, जब तक वह घर से नहीं निकलती, तब तक तुम उसके घर से नहीं निकलोगे।

मैं हीरोइन के घर पर तीन घण्टे उसके दो कुत्तों के साथ खेलता रहा। वह अन्दर क्या कर रही थी, पता नहीं। कुत्ते मुझे वैसे भी बहुत अच्छे लगते थे इसीलिए मुझे कोई तकलीफ़ नहीं हुई पर आख़िर कुत्ते ही तंग आ कर भौंकने लगे।

हीरोइन को ले कर स्टूडियो पहुँचा तो मेरे चेहरे पर विजयी मुस्कान खिली हुई थी कि मुझे सौंपा गया पहला-पहला काम मैंने पूरा कर दिखाया था। अब डायरेक्टर साहब मुझे शाबाशी देंगे। शाबाशी नहीं तो कम-से-कम कृतज्ञता तो दिखायेंगे ही। पर ऐसा कुछ नहीं हुआ। हीरोइन को देखते ही उसे कोसने वाले डायरेक्टर साहब ने एकदम रंग बदल दिया और उसमें तल्लीन हो गये। दोनों का प्रेमपूर्ण व्यवहार और हँसी-मज़ाक देख कर मुझे ताज्जुब हो रहा था कि घण्टों शूटिंग रुके रहने के कारण आग बबूला होने वाले डायरेक्टर साहब यह ही थे या कोई और था?

इस हीरोइन को बनाने में इन्हीं डायरेक्टर साहब का हाथ था। इतने बुज़ुर्ग होने के बावजूद वह उसके आगे-पीछे क्यों इतनी दुम हिलाते हैं, उसे डाँटते क्यों नहीं, उसकी ग़ैर जिम्मेदारी के लिए उसे हड़काते क्यों नहीं, कम-से-कम उसके कान तो खींच ही सकते हैं कि उसके देर से आने की वजह से कितने लोगों का समय बरबाद हुआ? इसकी बजाय उसके सामने आते ही उसकी .ख़ुशामद क्यों करने लगते हैं, उसके साधारण अभिनय को असाधारण कह कर उसकी तारीफ़ क्यों करते हैं—यह मैं उस दिन समझ नहीं पाया।

लेकिन जैसे-जैसे दिन बीतते गये, वैसे-वैसे यही नहीं, और भी बहुत कुछ समझ गया।

इस चमकती दुनिया के सवाल निराले, समस्याएँ निराली, गड़बड़ियाँ निराली और मोड़ भी निराले—यह बाद में समझा।

तो इस तरह से काम की शुरुआत हुई, डायरेक्टर के चौथे असिस्टेंट की हैसियत से।

2

सिनेमा में चौथा असिस्टेंट यानि बिना वेतन का हम्माल। डायरेक्टर की कुर्सी यहाँ लगा दो। लाइट खिसकाओ। कैमरे की ट्रॉली खींचो। डायरेक्टर को पान ला कर दो। हीरो का पर्स सँभालो। हीरोइन को सेट पर ले आओ। सिर्फ डायरेक्टर ही नहीं, जो भी आदमी जो भी काम बताये, बिना चूँ किए करते जाओ। रात-दिन, किसी भी समय और कितना भी समय डायरेक्टर की सेवा में तैयार रहो। उसे ड्रिंक बना कर देने से ले कर उसके धुत्त हो जाने के बाद उसे उठा कर घर लाने तक सब-कुछ करो। ऊपर से पगार के बारे में पूछने की भी मनाही। फ़िल्मी दुनिया का यह अलिखित नियम ही था शायद। असिस्टेंट को पगार के लिये पूछने का नहीं। मिली तो ख़ूब। नहीं मिली तो भी शिकायत नहीं करने का। पगार के बग़ैर जीने का अभ्यास उसे होना चाहिये।

और ऐसे जीना सम्भव होता है, यह मुझे उसी दौरान पता चला।

नज़र के सामने रहा तो चान्स दे देंगे, यही आशा मुझे वहाँ टिकाए थी।

इस तरह की कहानियाँ सिनेमा साप्ताहिकों में हीरो के साक्षात्कारों में पढ़ीं थीं। लेकिन रोज़ करीब-करीब चौबीस घण्टे सामने रहने के बावजूद डायरेक्टर साहब ने एक बार भी हीरो के चान्स के बारे में नहीं कहा। चार साल बीत गये, फिर भी नहीं। पहली नज़र में जो मेरा चेहरा पहचान गया था, वह मुझमें छिपी हीरो की क़ाबिलियत पहचान नहीं पा रहा था। फिर हिम्मत करके एक दिन जब वह फ़ुरसत में और होश में था, उसके पैर दबाते हुए मैंने उससे दिल की बात कह डाली। इफेक्ट के लिए आँखों में आँसू भी लाये। ग्लिसरीन के नहीं, सच्चे। मतलब वह अपने-आप ही आ गये। तब जा कर पर्दे पर आने का पहला चान्स मुझे मिला। हीरोइन का छोटा भाई बना। रोल छोटा ही था फिर भी ज़बर्दस्त तैयारी की। इसी तरह के रोल्स में चमक दिखा कर मशहूर हीरो, हीरो बने थे, ऐसा कहीं सुना था, पढ़ा था। बिना वेतन मेहनत, उपवास और रतजगों से शरीर की जो शेप चली गयी थी उसे एक जिम ज्वाइन कर के कसरत से फिर हासिल किया। आईने के सामने रात-रात भर अभिनय का अभ्यास किया। चेहरे पर पैसे ख़र्च किये। इस ज़ोरदार तैयारी के बाद जनाब जब कैमरे के सामने गये और डायरेक्टर ने सोचा कि रोल और बढ़ाना चांहिये। मैं ख़ुश हुआ। सोचा, देने वाला जब भी देता है, पूरा छप्पर फाड़ के देता है। पर हुआ यूँ कि जैसे ही रोल बढ़ गया, वैसे ही उसके लिये किसी बड़े अभिनेता को साइन करने की बात चलने लगी और मैं वैसा ही रह गया, असिस्टेंट नम्बर चार। यह पहली बार का किस्सा

था, पर आख़िरी नहीं। बमुश्किल मौका हाथ आता, मतलब, मैं ही खींच-तान कर उसे लाता था और किसी-न-किसी बहाने साला हाथ से चला जाता। कभी तो पहले से ही अंगुल बराबर का मेरा रोल एडिटिंग में कट जाता या फिर फ़िल्म ही डिब्बे में पड़ी रहती।

एक बार ऐसा हुआ कि सवाई माधवराव के जीवन पर एक बड़ी हिस्टॉरिकल फ़िल्म घोषित हुई। इस बात के विज्ञापन छपे कि माधवराव की भूमिका में नये अभिनेता को चान्स दिया जाएगा। मैं गया। घर के आइने में .ख़ुद को निहारते वक़्त मुझे यक़ीन हो गया कि इस भूमिका के लिए मुझसे बेहतर अभिनेता मिलना मुश्किल ही नहीं, नामुमकिन है। डायरेक्टर साहब को भी मेरी तरफ़ देख कर इस बात का एहसास हुआ होगा। मेरा स्क्रीन टेस्ट करना तय हुआ। सवाई माधवराव यानी चमनगोट। टेस्ट के लिये कम्पनी में हाज़िर हुआ। हज्जाम से मेरा सिर घुटवाया गया। बाल, चुटिया—सब कुछ। बदन पर फिट न बैठने वाली पेशवा की पोशाक़ और उतरती मूँछों के साथ मेकअप करके कैमरे के सामने जा कर देखा तो वहाँ मेरे जैसे सात माधवराव माथे का चमन उजाड़े, सवाई माधवराव की पोशाक़ पहने कतार में खड़े थे।

यानि टेस्ट मुझ अकेले का नहीं था।

हमें टेस्ट किया गया। बताया गया कि तीन दिन बाद इत्तिला दी जायेगी। तीन दिन के बाद धड़कते दिल से पूछने गया तो इनकार के साथ एक अनऑफिशियल ख़बर मिली कि उस भूमिका के लिए पहले से ही एक सीनियर अभिनेता को पक्का कर दिया गया था। उससे उसकी कीमत कम करवाने के लिए सात माधवरावों के टेस्ट का यह स्वाँग रचा गया था।

उसके बाद महीना-भर अपने टकले सिर को टोपी में छिपाये हम आठ सवाई माधवराव एक-दूसरे से और लोगों से अपना चेहरा छिपाते फिरते रहे।

मुझ अकेले को ही कितनों ने सहानुभूति से पूछा था, "कौन गया?"

3

मैं ज़्यादा बारीकियों में जा रहा हूँ इसलिए लगता है आपको चिन्ता हो रही है। आपने तमाम अनसुनी दुआओं की जो कहानियाँ सुनी होंगी उन्हीं में से ही एक यह भी लगती है। ऐसा सोच कर आपका डरना लाज़मी है। पर नहीं,

मैं ज़्यादा बारीकियों में नहीं जाऊँगा। मन-ही-मन उन्हें दोहरा कर भी बोर हो चुका हूँ।

लम्बी कहानी को संक्षेप में कहूँ, तो फ़िल्मी दुनिया में बड़ी मेहनत से और हर मुमकिन कोशिश से छलाँगें लगाने के बाद, चौथा, फिर तीसरा और फिर एक दिन दूसरा असिस्टेंट बन पाया था। तब एक दिन वह बुख़ार आया कि तौबा! रात भर बुख़ार में तपता अकेला ही एक दोस्त के लॉज की बालकनी में लेटा हुआ था। बाहर बारिश हो रही थी। लॉज का मालिक दोस्त था इसीलिए किराये के पैसे बाक़ी रहे भी तो रहने देता था। कमरे का किराया दे नहीं पाऊँगा इसीलिए बालकनी का एक कोना पकड़ रखा था और उसी में स्टूडियो की प्रॉपर्टी से लायी हुई एक खाट लगा दी थी। इस खाट के ऊपर और नीचे जितना रह पाये, उतना ही सामान था मेरा। बारिश में मेरे सोने की जगह तक पानी आता तो उतनी देर प्लास्टिक के कपड़े का पर्दा लगा देता। पानी ज़्यादा आने लगे तो खाट के नीचे जा कर सो जाता। उस रात तो बारिश भी पगला गयी थी और मेरे बदन में एक सौ चार तक बुख़ार। खाट के नीचे लेट कर सवेरे का इन्तज़ार करने के सिवा चारा ही नहीं था। तो, इन्तजार कर रहा था। .ख़ुद से शायद ज़ोर-ज़ोर से बतिया भी रहा था। बोलते-बोलते ख़याल आया कि पैंतीस साल पूरे होने को हैं। आधी ज़िन्दगी तो गुज़र गयी और अपने पास अब तक कुछ भी नहीं। न अपना घर है, न परिवार, न किसी चीज़ का भरोसा, न कुछ। हीरो बनने का ख़्वाब ले कर निकला था पर अब तक डायरेक्टर का पहला असिस्टेंट भी नहीं बन पाया था और यह भी नहीं कहा जा सकता था कि कब बनूँगा, बनूँगा भी कि नहीं। शायद ज़िन्दगी भर असिस्टेंट ही बना रहूँगा और एक दिन मर जाऊँगा। शोकसभा में कहा जाएगा—ऐसा असिस्टेंट फिर कभी नहीं होगा।

पुराने नाटकों के पात्रों की तरह इस तरह खुद से ही बड़बड़ाते हुए मूसलाधार बारिश का शोर सुन रहा था कि पता नहीं कब आँख लग गयी। पौ फटे बुख़ार उतरने लगा तो पसीने से कपड़े गीले हुए और नींद खुल गयी। कपड़े बदलने के इरादे से उठा तो सामने दीवार पर लटके कैलेण्डर में तारीख़ नज़र आयी।

जन्मदिन! मेरा जन्मदिन!! पैंतीसवाँ जन्मदिन!!!

बुख़ार उतर गया था। बारिश भी रुक गयी थी। सोच लिया, जन्मदिन सेलिब्रेट करूँगा। अकेले तो अकेले ही सही। बैंक में जा कर बचत खाते में कम-से-कम बाकी रख कर सारे पैसे निकाल लिये। काम पर जाने वाला नहीं

था। बुख़ार का बहाना आगे कर दिया। डायरेक्टर ने झिकझिक की, आज फलाना शूटिंग है और ढिमकाना डबिंग है, आई वॉज़ डिपेंडिंग ऑन यू और हाऊ कॅन आई मैनेज विदाउट यू तो तुम जैसे हो, आ जाओ वग़ैरह। आज लेकिन मैंने कुछ और ही सोच रखा था। लाण्ड्री से आये हुए कपड़े पहने। मेरे पास एक परफ्यूम था, वह लगाया और लंच करने एक पॉश होटल पहुँचा।

इस होटल में हमने कितनी बार शूटिंग की होगी। स्टार लोगों को होटल मैनेजमेण्ट की तरफ से बढ़िया खाना मिलता था और हम असिस्टेंट बिना खाये-पिये ही रहते थे। चाय भी पटरी पर पीते थे। आज इस होटल में मैं ग्राहक था। पैसा फेंक कर खाऊँगा, दारू पीऊँगा।

यहाँ की ख़ास बात यह थी कि यहाँ लड़कियाँ वेट्रेसेज़ थीं।

एक कोना पकड़ कर ऐसे बैठ गया, मानो कोई बहुत बड़ी हस्ती हूँ। एक छम्मक छल्लो लड़की को इशारे से व्हिस्की लाने के लिए कहा। मद्धम संगीत चल रहा था। बार की छत पर रंगों का खेल चल रहा था। इर्द-गिर्द लड़कियाँ आवभगत करते हुए थोड़ा लिपट-चिपक रही थीं। मँगायी हुई दारू पीने लगा। सोचा, लाइफ़ में कहीं पहुँचा नहीं तो न सही। कम-से-कम इस बार में इस तरह बैठ कर अपने पैसे से दारू पीने तक तो पहुँचा, यह भी कुछ कम नहीं था। कइयों को तो इतना भी नसीब नहीं होता।

दारू और पूरा माहौल धीरे-धीरे चढ़ने लगा।

दोपहर का समय था इसीलिए बिल्कुल भीड़ नहीं थी।

ख़याल आया, आज छत्तीसवाँ शुरू हुआ। इतने साल कैसे गुज़र गये, पता ही नहीं चला। देखते-देखते चालीस पार कर जाऊँगा। ज़िन्दगी में मैं कहाँ पहुँचा? कहाँ के लिए निकला था, कहाँ पहुँचा? जो-जो सोचा था, उसमें से क्या-क्या हुआ? कुछ भी नहीं। आज भी मैं वहीं हूँ, जहाँ था। ऐसा पार्ट टाइम अभिनेता रहूँ तो हर काम करने वाला और न रहूँ तो भी कोई फ़र्क़ नहीं पड़ता। अनुभव से डायरेक्टर को कब क्या चाहिये, वह देना सीख गया, पर मुझे क्या चाहिये यह जानने वाला डायरेक्टर ही नहीं मिला। काम अटका क्या? आनन्द को बुलाओ। हीरो का डुप्लीकेट चाहिये? आनन्द। फलाँ-फलाँ बिन बताए परदेस चला गया और उसकी डबिंग होनी आवश्यक है। आनन्द इज दी मैन। आनन्द हो तो यक़ीनन कम रुकेगा नहीं। बहुतों ने मुँह भर-भर के इन गुणों का बखान किया पर उससे आगे कोई मौका नहीं मिला।

आनन्द हीरो बन सकता है, हीरो नहीं तो सेकेण्ड हीरो, वह भी नहीं तो

उम्र की शर्त जिस पर लागू नहीं होती ऐसा विलेन तो बन ही सकता है—ऐसा किसी को लगा ही नहीं। ऐसा कुछ कभी मिलेगा, इसी इन्तज़ार में बरसों गुज़र गये पर मौक़ा मिला ही नहीं।

एक बार हर काम करने वाला क्या बना, वही बन कर रह गया।

जो भी डायरेक्टर मिले वह अच्छे ही थे। कोई हिट फ़िल्में देने वाले, नये-नये हीरो-हीरोइनें तलाश कर उन्हें ब्रेक देनेवाले, दिलदार, समझदार माने जाने वाले। पर मुझ समझ सके, इतना समय किसी के पास नहीं था। मैं उनमें से कइयों का लाड़ला भी था, क्योंकि चाहे कितनी भी मुश्किल हो, मैं काम रुकने नहीं देता था, इसीलिए। शायद मुझमें ही कोई कमी होगी वरना ऐसा क्यों होता? ख़ामख़्वाह बड़े-बड़े ख़्वाब देखे।

बदन में घुस कर दारू अपना काम कर रही थी। जैसे-जैसे नशा बढ़ता गया, उदासी भी बढ़ती गयी। ऊपर से पिछली रात का बुख़ार। सोचा, बहुत हो चुका। बहुत राह देखी ब्रेक की। चालीस के करीब पहुँचे हुए को अब कौन हीरो बनायेगा? कोई क्या ब्रेक देगा? तो अब अपनी उम्मीदवारी के बग़ैर सिनेमा को थोड़ा फलने-फूलने देना चाहिये। दूसरों को ब्रेक मिलना चाहिये। अपने को कोई दूसरा काम देखना चाहिये।

बार छोड़ने के साथ ही सिनेमा भी छोड़ चुका था।

4

कुछ दिन तकलीफ़ हुई। अनजाने ही पैर स्टूडियो की ओर मुड़ जाते।

एक जिम में काम मिल गया। जिम का मालिक पहचानता था।

मेरा काम, वहाँ कसरत करने वालों पर देख-रेख करना था। किसी को अगर मदद चाहिये तो मदद करना, मार्गदर्शन करना, कसरत के यन्त्रों की देखभाल करना आदि।

मूलतः कोई भी काम दिल लगा कर करने की आदत थी। ऊपर से हर वक़्त मुस्कुराता थोबड़ा। इसीलिए यहाँ भी मैं चहेता बन गया। नज़र नहीं आता तो ग्राहक पूछने लगते। आनन्द कहाँ है? सुन्दर, पर, मोटी औरतें कसरत करने के लिए मेरे लिए रुकी रहतीं। पहले मुझसे फ़ोन पर अपॉइंटमेंट लेतीं फिर जिम आतीं। वे बस चाहती थीं कि मैं सामने रहूँ। फ़िल्मों में सालों गुज़ारने के बाद

पता चला था कि औरत से—फिर वह कोई भी हो—मर्यादा के साथ पेश आना चाहिये। स्त्री सुलभ मर्यादा के माने सुलभ स्त्री से मर्यादा ही होंगे। मर्यादा पार करो तो धोखा। पुरुष को। मतलब मेरे जैसे सीधे-सादे, सत्यशील और एकाध क्षेत्र में कुछ करने की तमन्ना रखने वाले पुरुष के लिए। फ़िल्म का एक क़िस्सा ही बतलाता हूँ। सुना-सुनाया नहीं, आप बीती।

मैं चौथा असिस्टेंट था तब एक हीरोइन को—नाम नहीं बताता—हमारे निर्देशक ने साइन किया। जैसे मुसीबतें जैसें अकेली नहीं आतीं, वैसे ही यह हीरोइनें भी अकेली नहीं आतीं। उनके साथ एक माँ होती है। माँ न भी हो तो अपने आपको हीरोइन समझने वाली एक बुज़ुर्ग औरत रहती ही है। वह अपने-आपको सुपर हीरोइन समझती है। हीरोइन से बढ़ कर वही भाव खाती है। उस की माँगें हीरोइन से बढ़ कर होती हैं और हीरोइन चुप भी हो तो सेट पर इसकी दादागिरी चलती रहती है। हीरोइन नहीं चाहिये पर इसे सँभालो—ऐसी हालत निर्माता से ले कर चौथे असिस्टेंट की रहती थी। तो इस हीरोइन की माँ की सेवा में डायरेक्टर ने मुझे नियुक्त किया। मेरा काम था—शूटिंग चलने तक इस सुपर हीरोइन की देखभाल करना और ऐसी व्यवस्था करना जिससे कि सेट पर इसकी वजह से कम-से-कम तकलीफ़ हो यानी हीरोइन मेरे डायरेक्टर के पास और यह सुपर मेरे पास—ऐसा बँटवारा हो गया। मैं तो बस इतना जानता था कि डायरेक्टर ने जो काम मुझ पर सौंपा है, वह मुझे अच्छा लगे न लगे, कमरतोड़ मेहनत करके उसे पूरा करना ही है। बात कितनी ही गम्भीर क्यों न हो, मुझे कभी गम्भीर रहना नहीं आया। नतीजतन हुआ यह कि सुपर हीरोइन पहले ही दिन मुझसे ख़ुश हुई। उम्र के पचास साल पूरे किये थे—उसने, मैंने नहीं। रूप ने तो कब का साथ छोड़ दिया था। बदन टेढ़ा-मेढ़ा, फूला हुआ। पति दूसरी औरत की पूजा में रत। जीने का बस एक ही मक़सद बचा था—कच्ची उम्र में हीरोइन बनी बेटी पर पहरा देना। इसीलिए हर वक़्त सेवा में रहने वाला और कम्पनी के पैसे से छोटे-मोटे शौक़ पूरे करने वाला मेरे जैसा जवान, हँसमुख और ताबेदार पुरुष मिलने पर उनकी भी नीयत बदल गयी और एक बार अँधेरे में उन्होंने मेरा हाथ ही पकड़ लिया।

अँधेरे की बात उठते ही आपके मन में रोमाँटिक कल्पनायें आएँगी, जानता हूँ। तिस पर यहाँ पुरुष ने औरत का हाथ नहीं पकड़ा था, औरत ने पुरुष का हाथ पकड़ा था! पर अँधेरा पुरुष निर्मित, मैन मेड नहीं था। बत्ती अचानक चली गयी थी इसीलिए यह पुरुष एक औरत के हाथ लग गया था।

उस वक़्त हम स्टूडियो के म्यूज़िक रूम में थे। अब आप पूछेंगे कि हम लोग म्यूज़िक रूम में क्या कर रहे थे, तो जवाब है कि इस महिला को लगता था कि वह बहुत अच्छा गाती हैं और मुझे अपना ग़ाना सुनाने के लिए वहाँ ले गयी थीं। शूटिंग के समय में उन्हें उलझाए रखने के लिए मैं प्रतिज्ञाबद्ध था इसीलिए वह जहाँ ले जायेंगी, वहाँ जाने के सिवा मेरे पास और कोई चारा नहीं था।

तो अँधेरा। इस महिला ने मेरा हाथ पकड़ा हुआ था। उनकी और मेरी साँसें तेज़। मेरी डर से और उनकी उनके मन में जागृत आक्रामक विचारों से।

अब इसकी पूर्व सूचना मुझे नहीं मिली थी, ऐसी बात नहीं है। इससे पहले उनके बोल-चाल के ढंग से यह उजागर हो चुका था। आप-आप से वह तू-तड़ाक पर आ गयी थीं और मौका मिलते ही मुझे छू लेती थीं।

पुरुष था, इसीलिए यह असम्भव था कि उनके बर्ताव का अर्थ न समझ सकूँ। पर जान-बूझ कर यूँ दिखाता रहा जैसे मैंने कुछ नहीं समझा। पता नहीं क्यों, पर ऐसा भी लग रहा था कि यह यहीं तक ही रहेगा।

ये महिला देखते-देखते मेरे करीब आ गयीं। उनकी उड़ती और विशाल छाती इतने करीब महसूस हो रही थी जैसे मेरी ही हो। उनकी गर्म साँसें स्टीरिओफ़ोनिक साऊण्ड की तरह सुनायी दे रहीं थी। उसी गर्म स्वर में वे बुदबुदायीं, "आनन्द..."

"आनन्द, क्या बताऊँ! तुम मुझे कितने अच्छे लगते हो...?"

मैं जान गया कि अब जल्दी से बत्ती आयी नहीं तो मेरी ख़ैर नहीं। इस तरह अँधेरे में मेरे हाथ कोई भरी-पूरी जवान लड़की लगती तो मैं क्या करता, यह जानता था। इसीलिए भरा-पूरा, जवान लड़का हाथ लगे तो महिला की अगली चाल क्या होगी, यह जानने में मुझे देर नहीं लगी।

चिल्ला कर किसी को पुकार भी नहीं सकता था। पूरे स्टूडियो में मेरी हँसी उड़ायी जाती। पुरुष था, इसीलिए भाग भी नहीं सकता था।

इस तरह से कोई पुरुष औरत के हाथ लगे तो उसकी क्या-क्या समस्याएँ होती हैं—यह मैं ख़ुद अनुभव कर रहा था।

महिला को हड़बड़ा कर दूर करता हूँ तो महिला भड़क जायेगी और उसका मतलब होता कि चौथे असिस्टेंट के हैसियत से ली हुई ज़िम्मेदारी से मैं मुकर गया, और उसका असर उस अमूल्य ब्रेक पर होता, जिसे मैं समझ रहा था कि मुझे कभी-न-कभी मिलेगा। एक पल में सालों की तपस्या मिट्टी में मिल जाती। मतलब वह भी नहीं कर सकता था। महिला तो पल-पल में रंगीन हो रही थी।

अब किसी भी पल मैं, पुरुष, एक औरत से बलात्कार का शिकार होने वाला था।

और उसके बारे में किसी से कुछ कहने की भी चोरी हो जाती। कौन विश्वास करता? अच्छा-ख़ासा जवाँ पुरुष था। तिस पर उम्मीदवारी करने वाला फ़ोर्थ असिस्टेंट यानी फ़िल्मी दुनिया का अवैतनिक हम्माल।

कुछ न कहता तो इसकी कोई गारण्टी नहीं थी कि यह एक बार में रुकने वाला सिलसिला है। एक बार हुआ तो फिर कितनी भी बार हो सकता था।

बत्ती आने के लिए मन-ही-मन मन्नतें माँगी पर नहीं आयी।

इतने में अँधेरे में बिजली के चमकने की तरह मुझे एक तरक़ीब सूझी। मैंने जल्दी से कहा, "कोई आया लगता है!" और हाथ छुड़ा कर अँधेरे में दरवाज़े की ओर बढ़ा।

पर मदनबाण से बाधित पुरुष हो या महिला, ऐसी बातों से डगमगाते नहीं। महिला एक पल के लिए झेंप गयी पर फिर आहट ले कर दोबारा मुझसे चिपक गयी, पहले से ज़्यादा ही। "कोई तो नहीं..." वह बुदबुदायी।

धड़कती छाती मेरी छाती से लग गयी। दोनों बाहों की पकड़ में मैं पक्का कैद। होंठ अँधेरे में मेरे होठों को तलाशने लगे। पहने नाक, फिर गाल, फिर...

इतने में रोशनी नहीं आती तो उस दिन मेरी ख़ैर नहीं थी।

रोशनी आयी और दरवाज़े के बाहर कम्पनी का तबलची भी।

मैं भागा।

पर अनहोनी की झलक देखने के बाद उन महिला के साथ जाना मतलब मेरे हिसाब से तो जान-बूझ कर ज़हर की परीक्षा लेने जैसा था।

5

उसी रात डायरेक्टर साहब को पकड़ा। पैरों के पास बैठ कर जो-जो हुआ, शुरू से अन्त तक सब विस्तार से बताया। सुनते वक़्त नशे में थे इसीलिए उन्हें यक़ीन आया। मुझ पर बीती उस भयंकर घटना का मैंने जो वर्णन किया, उसे सुन कर वे थोड़े रोये भी। मैंने तुरन्त अपने-आपको इस ज़िम्मेदारी से मुक्त करा लिया।

लेकिन फिर इस सुपर हीरोइन की कौन-सी व्यवस्था हमारे डायरेक्टर साहब ने की?

सफल लोग ऐंवें ही सफल नहीं होते।

बेटी समान हीरोइन को तो उन्होंने शूटिंग के शुरुआत के दिनों में ही पटा लिया था। अब उसकी माँ को भी उन्होंने अपने घूमने वाले जनानखाने में शामिल कर लिया। अब माँ शूटिंग में किसी भी तरह की दख़लअन्दाज़ी न करते हुए बिना शिकायत के सेट. के पास बुनाई करते हुए दिखायी देने लगी।

तो यह था फ्लैश बैक—मेरे फ़िल्मी जीवन का।

अब जिम।

जिम में दो विभाग थे। पुरुषों का और औरतों का। काम मिलते ही मेरी नियुक्ति औरतों के विभाग में हो गयी। वहाँ का पहला आदमी नौकरी छोड़ कर दूसरे जिम में चला गया था। वक़्त पड़ने पर दोनों विभागों का काम मुझे ही देखना था।

वहाँ जाते ही मैंने अपने बारे में एक अफ़वाह फैला दी कि मेरी पहली पत्नी जिन्दा है और हाल ही में दूसरी शादी हुई है और मुझे पहली पत्नी से चार बच्चे हैं।

जो पुरुष कुँवारा यानि छड़ा होता है, जिसके पीछे बीवी-बच्चों का झमेला नहीं रहता ऐसे पुरुषों की ओर भूखी—यानी पुरुषों की भूखी—औरतें आकर्षित होती हैं—ऐसा मेरा अनुमान था। और वह न हों, इसीलिए मैंने अपने बारे में यह बात फैला दी थी।

वैसे तो मेरे हिसाब से दो बच्चे बहुत थे, फिर भी संख्या जान-बूझ कर बढ़ायी; क्योंकि इसका मुझे यक़ीन था कि इतने बच्चों वाला पुरुष तो किसी भी औरत का दृष्टि से बेशक बाद हो जायेगा।

मैं आते-जाते बातों-बातों में अपनी उम्र का भी ज़िक्र करने लगा। यानि असली नहीं, झूठी। बढ़ायी हुई उम्र का। इसके पीछे बस एक ही उद्देश्य था कि अधेड़ और दो-दो संसार चलाने वाले, चार-चार बच्चों वाले पुरुष में कोई भी अक्लमन्द स्त्री इन्ट्रेस्ट नहीं लेगी।

इतना ही नहीं, जिम में आने वाली हर औरत को 'दीदी' कह कर पुकारने लगा। दीदी दायाँ पैर सीधा...दीदी पेट अन्दर...दीदी एक बार में एक ही पैडल...नाक से साँस, मुँह से नहीं दीदी...बात-बात में 'दीदी'।

मतलब, मुझे औरत से परहेज वग़ैरह नहीं था। अकेला था, उम्र का तक़ाज़ा भी था। अब भी शादी की उम्र बीती नहीं थी। पर किसी औरत के साथ मैं ढंग से जुड़ना चाहता था। मुझे वफ़ादार बीवी चाहिये थी जो किसी दूसरे मर्द को देखे भी नहीं। मुझसे ईमानदार रह कर मेरा घर सँभाले और मेरे बच्चों की—सिर्फ़ मेरे ही बच्चों की माँ बन कर मेरे ही घर में रहे। ऐसी आदर्श स्त्री की, हर मर्द की तरह मुझे भी तलाश थी।

ऐसी स्त्री फ़िल्म स्टूडियो में या औरतों के जिम में मिलने वाली नहीं थी। वो कहाँ मिलेगी, मैं नहीं जानता था और शादी के बाज़ार में अपनी कोई माँग नहीं थी। मैं बदनाम फ़िल्मी दुनिया में स्ट्रगल करने वाला चौथा असिस्टेंट! किसी लड़की का बाप क्यों अपनी सुशील कन्या के लिए मेरे दर पर आएगा?

तो जिम में अपने हँसमुख स्वभाव, मेहनत और प्यार-भरे बर्ताव की वजह से जल्द ही मैं मालिक और ग्राहकों का दुलारा बन गया। ख़ास कर मेम्बर औरतों के साथ जो मेरा सौजन्यपूर्ण और भाई चारे का नाता था वह इस नयी नौकरी में मेरी विश्वसनीयता बढ़ाने वाला साबित हुआ।

औरतें बेझिझक मुझसे कसरत सिखाने के बहाने बदन में हाथ लगाने देतीं और जिम में आने वाले पुरुष मेरे पास अपना बेशकीमती सामान सौंप कर (इस में किसी की पत्नी भी शामिल थी।) कसरत करने लगे।

6

नजरें मिलती नहीं थी, ऐसा नहीं है।

वजन घटाने के लिए ही ज़्यादातर औरतें जिम में आती हैं, यह तो सब को मालूम है। अपने जैसे समाज में औरत की रोजमर्रा की ज़िन्दगी जैसी है उसमें उसका जिम जाने के बारे में सोचना भी सम्भव नहीं होता और वह सोचती भी नहीं। शादी के पहले और शादी के बाद कुछ समय तक औरत अपनी तरफ बिल्कुल ध्यान नहीं देती। उस दौरान उसका मन उसके पुरुष पर केन्द्रित रहता है। अपना अलग अस्तित्व ही वह भूल जाती है। उस दौरान, मैं कैसी लग रही हूँ, दुबली हो रही हूँ या मोटी हो रही हूँ, मुझे देख कर लोग क्या कहते हैं—इन बातों की तरफ उसका ध्यान नहीं रहता। उसके लिए वह ख़ुद दुनिया की सबसे सुन्दर और खुशकिस्मत स्त्री होती है, फिर लोग चाहे कुछ भी कहें। उसकी नज़र से उसके पुरुष को अगर वह पसन्द है तो बस। और कोई भी अक्लमन्द पुरुष इस दौरान अपनी पत्नी के सामने उसके बारे में सच्चाई बयान नहीं करता। उसे वह क़सम खा कर, प्रतिज्ञापूर्वक यही यक़ीन दिलाता है कि वही दुनिया की सबसे हसीन औरत है और औरत भी इसी आश्वासन को सच मान कर चलती है।

यह पहला दौर गुज़रने के बाद पहले पुरुष और फिर स्त्री जागती है। एक दिन वह अपने आपको आइने में ग़ौर से निहारती है और चौंकती है।

कहती है, छीः, मैं बिलकुल अच्छी नहीं लग रही हूँ। अपने मर्द को कैसे मैं इतनी अच्छी लगती हूँ? अन्धा ही होगा! दिल-ही-दिल में प्यार से उसे कोसते हुए तय करती है कि अब वह अच्छी दिखेगी। इसके लिए औरतों को सूझने वाला पहला उपाय—ब्यूटी पार्लर। दूसरा—डायटिंग और तीसरा—जिम जवॉइन करना।

जिम में आने वालों में और भी तरह की औरतें, प्रसूति में बढ़े हुए वज़न वाली। वज़न वैसे ज़्यादा बढ़ा नहीं होता पर ऐसी स्त्री को वह बढ़ा हुआ दिखता है। पुराने ज़माने में जब औरत इस तरह से भरी-पूरी लगती थी तो और सुन्दर मानी जाती थी और कवि उसके उभरे हुए अंगों पर उपमा अलंकारों की बरसात करते थे। उस पर श्रृंगारिक कविता रचते; ख़ास कर संस्कृत की। वह ज़माना अब पुराना हो गया। अब ख़ुद स्त्री को ही अपना यह भरा-पूरा रूप अखरता है। उसे फिर से छरहरा बनाने के लिए वह जिम पहुँच जाती है।

कुछ औरतों का ढाँचा ही बड़ा होता है। वे भले ही अपने मोटापे की खूब हँसी उड़ायें पर अकेले में उन्हें अपना मोटापा बेहद ही तकलीफ़ देता है। मैं ही ऐसी क्यों बनी—यह सवाल पूछ-पूछ कर नसीब को कोसते हुए वह अपने आपको अलग-अलग तरह के कपड़ों में छिपाने की कोशिश करती हैं पर बात बनती नहीं। उम्र के साथ और एकाध जचगी के बाद बदन और भी फैल जाता है और हताश हो कर वे जिम की ओर भागती हैं। एक बात है कि जिम में आयी हुई औरत अपनी फिगर बनाने की जल्दी में रहती है। उसके पास धीरज नहीं होता और उसकी अपेक्षा होती है कि वह जल्द स्लिम और ट्रिम हो जाये। ऐसे वक़्त पर वह अलग-अलग पदार्थ और आदतों को त्यागने के लिए या ज़्यादा फ़ीस देने के लिए भी तैयार होती है।

सवाल यह है कि ऐसे फ़टाफ़ट स्लिम और ट्रिम हुआ जा सकता है क्या? समझ लीजिए हो गए, पर क्या उसे टिकाये रख पाना आसान है?

नहीं। आपकी रोज़मर्रा की ज़िन्दगी और आपकी चिन्ताओं-परेशानियों की भूमिका भी इसमें अहम् होती है। जब तक वह कम नहीं होतीं, तब तक आप का वज़न भी कुछ ख़ास कम नहीं होगा और यह बात इन बहनों को समझ में नहीं आती। उन्हें लगता है, जिम का सुपरवाइज़र उनकी ओर बराबर ध्यान नहीं देता, इसीलिए ऐसा होता है।

कभी-कभी मैं भी इस ग़लतफ़हमी का शिकार होता था। मेरे बारे में मालिक से शिकायत की जाती थी। मुझे बुला लिया जाता। डाँट-फटकार भी की जाती।

ऐसा नहीं था कि मालिक सच्चाई नहीं जानते थे, पर शिकायत करने वाली महिला मेम्बर को खुश के लिए उसके सामने मुझे हल्की-फुल्की डाँट पिला देते। मुझे चुपचाप गर्दन झुकाये वह सब सुनना पड़ता।

कुछ भी सुनने पर हँसने की जो आदत थी मुझे, उस पर कोशिश करके काबू रख कर पूरी फ़ायरिंग सुननी पड़ती। मुझे मिलने वाली पग़ार का एक हिस्सा शायद इसीलिए था।

तकलीफ़ होती थी पर मैं सोचता था, कहीं दूसरी जगह पर क्लर्क बनता तब भी साहब की डाँट खानी ही पड़ती। अब आत्मसम्मान के साथ जीना हर किसी के भाग्य में नहीं होता। छोटे इन्सानों के भाग्य में तो बिलकुल नहीं होता। वरना बड़ा नहीं बन जाता?

7

ऐसी ही एक दीदी ने जिम में नाम दर्ज कराया। उम्र पूछेंगे तो उनकी उम्र अब किसी गोरे या काले राम के मन्दिर में जा कर कथा-कीर्तन सुनने की थी। पर डॉक्टर ने कहा—कसरत कीजिये। किसी ने कहा—पास ही जिम है वहाँ जाया करो। आ गयीं। जिम की छः सीढ़ियाँ चढ़ कर ही वह हाँफ़ रहीं थीं। बार-बार साँस फूल रही थी उनकी। कुछ कहने के लिए मुँह खोलतीं और हाँफ़ जातीं। उन्हें मेरे सुपुर्द किया गया। मैंने उनके लाए हुए सारे मेडिकल काग़ज़ देखे। हार्ट पर प्रेशर था। ब्लडप्रेशर सवेरे हावी रहता था तिसपर डायबेटीज़। दोनों के लिए गोलियाँ खा रहीं थीं। वज़न तो चिन्ता करने लायक ज़्यादा। तो कुल मिला कर हालत कुछ अच्छी नहीं थी। दीदी ने जिम में आने में कम-से-कम एक साल देर की थी। मैंने काग़ज वापस किये और कहा, ''कल से आ जाइये दीदी।''

''ख़बरदार, जो मुझे दीदी कहा तो!'' हाँफ़ते हुए उन्होंने मुझ पर हमला बोल दिया। ''राक्षस की तरह सगे चार भाई हैं, वे ही काफ़ी हैं।''

ये अनुभव कुछ अलग था। मैंने सोचा, दीदी का उनके चार भाइयों का अनुभव अच्छा नहीं होगा।

दूसरे दिन वह आयीं तो मैंने याद से उनका स्वागत किया। ''आइये माई।''

हाँफ़ रही थीं क्योंकि जिम पहली मंज़िल पर था। पर आज भी हाँफ़ते हुए उन्होंने कहा, ''मुझे माई मत कहो।''

तो क्या कहूँ?

दीदी नहीं, क्योंकि उनके चार भाई हैं। पर माई क्यों नहीं?

सामने वाले से जब तक सम्भव हो, उलझना नहीं—यह मैंने अपनी उम्मीदवारी के दिनों में ही सीख लिया था, इसीलिए मानो कुछ हुआ ही नहीं। मैं उनको—वह जो न दीदी थीं और जो माई बुलवाने के लिए भी तैयार नहीं थी—जिम के खुले हिस्से में ले गया और हाँफ़ने कम होने तक वहाँ के स्टूल पर बैठे रहने के लिए कहा।

छः महीने पुरानी एक और दीदी को चलने की कसरत के लिए मदद चाहिये थी इसलिए मैं वहाँ चला गया। जिम में जो पैदल चलने वाली मशीन थी उस पर पैर में पैर अटकने से वह बार-बार गिरने लगतीं इसीलिए उनके चलते वक़्त उनका हाथ पकड़ कर उन्हें बीच-बीच में सहारा देना पड़ता था। यह काम मेरा था। मैं इस महिला में व्यस्त था तो वह महिला अचानक उठ कर मेरे पास आयीं। अब वह हाँफ़ नहीं रहीं थीं। वह मुझ पर चिल्लायीं, "मुझे वहाँ बिठा कर इस की ओर इतना ध्यान दे रहे हो? मैं पूछती हूँ यह है कौन तुम्हारी?"

चलने की कसरत करने वाली दीदी इस अचानक हुए हमले से हड़बड़ा गयीं और उस यन्त्र के पट्टे में फँस कर गिरने ही वाली थीं कि मैंने उन्हें सम्भाल लिया और वे बच गयीं।

मैंने इस महिला से कहा, "मैं आपकी तरफ़ आ रहा था।"

"आ रहा था! कब?" वह करीब-करीब चिल्लायीं।

"पर आप जब आयीं तब आप हाँफ़ रहीं थीं..." मैं समझाने लगा।

"मैं हाँफ़ती रहूँ या मेरी साँस अटक जाये। इसने पैसे भरे हैं और मैंने क्या काग़ज़ के टुकड़े भरे हैं? मुझे बिठाये रख कर बिन्दास इसका हाथ पकड़ रहे हो?"

ऐसे वक़्त पर यही मेरा तरीक़ा रहा है चुप रह कर बहस टाल दी जाये। उसी के अनुसार मैंने चलने की मशीन पर कसरत कर रही दीदी का हाथ छोड़ कर इस महिला से बड़े प्यार से कहा, "चलिये! हम कसरत शुरू करते हैं।"

सोचा था वे मानेंगी नहीं...पर आ गयीं। पहला दिन, तिसपर उनकी सेहत की मेडिकल रिपोर्ट इतनी अच्छी नहीं थी इसीलिए सीधी-सादी जमीन पर लेट कर पाँच-पाँच बार साँस गिनते हुए दोनों हाथ ऊपर, पीछे और फिर से ऊपर ला कर फिर नीचे करने वाली कसरत बतायी। "इसके बाद ऐसे ही पैरों से करना। आज पाँच बार कीजिये।" मैंने कहा। ख़ामख्वाह शिकायत का मौक़ा न मिले

इसीलिए वहीं रुका रहा। मदद भी करने गया पर मैं जैसे ही मदद के लिए हाथ आगे बढ़ाऊँ, वे झटक देतीं।

"वेरी गुड।" जैसे उनसे बन पाया, वैसे उन्होंने सब कुछ किया। तब आख़िर में उन्हें प्रोत्साहन देने के लिए मैंने कहा, "पहले दिन के हिसाब से आप का हिसाब ठीक बैठ रहा है।"

"औरों को मशीन पर कसरत करवाते हो और मुझसे यूँ जमीन पर लेटने वाली सीधी-सादी कसरत करवाते हो?" उनका नया धमाका। "ऊपर शिकायत करती हूँ, ठहरो!"

"आपको भी मशीन पर कसरत कराऊँगा पर पहले सीधी-सादी कसरत करना तय था।"

"किसने तय किया? मुझसे पूछा भी? पूरा पैसा लेते हो और यह क्या बिना मशीन की कसरत बतलाते हो?" महिला गरजीं। "ये जनता के साथ धोखाधड़ी है। पेपर में छपवाऊँगी।"

मैंने फिर समझदारी दिखाते हुए कहा, "आप की सेहत को अभी वैसी कसरत सूट नहीं करेगी इसीलिए सीधी-सादी शुरुआत की।"

"सूट क्यों नहीं करेगी?" महिला बोली। "दिखाओगे तब न, मुझे पता है तुम्हारा और उस चुड़ैल का चक्कर है। बैठे-बिठाये हाथ पकड़ने को मिल जाता है।"

कहने वाला था, "आपका भी पकड़ने वाला था, पीठ के बल लेटी हुई थीं तब, और जब उठ नहीं पा रही थीं तब। लेकिन आपने ही झटक दिया।"

कहा नहीं। नौकरी जो करनी थी।

मेरे बताये मुताबिक़ महिला ने जितना और जैसा बन पड़ा, वैसा किया। एक-दो जगह पर अड़ गयीं। असल में अटक गयीं। सीधी हो नहीं पा रही थीं। ऐसे वक़्त पर जिम का गाइड मदद करता है पर महिला मुझे हाथ तक लगाने नहीं दे रही थी जैसे कि दुनिया का सबसे पापी पुरुष मैं ही हूँ या वह पुरुष-विरोधी थीं। चार सगे भाइयों के बारे में जो पहले ही दिन उन्होंने जो कहा था, याद आया। चारों भाइयों का ज़िक्र उसने ऐसे किया था मानो वे कोई भयानक राक्षस थे।

ऐसे क्लाइंट से रोज निभाना मतलब परीक्षा देने जैसा ही था। मेरी बात छोड़िये पर गुस्से की वजह से महिला का रक्तचाप चढ़ गया तो क्या होगा? जिम में क्लाइंट सीरियस हुआ या मर गया यह रेप्युटेशन किसी भी सूरत में जिम के

लिए ठीक नहीं थी। मैं उस वक़्त डयूटी पर था और क्लाइंट से कसरत करवा रहा था। ऐसा कुछ होता तो मेरी नौकरी ही चली जाती।

नींद उड़ गयी। इस महिला का क्या करूँ, समझ में नहीं आ रहा था। किसी भी परिस्थिति में नौकरी टिकानी थी और महिला को भी 'टिकाना' था।

8

मैं आपको बताता हूँ। शुरू में जो बातें मुश्किल लगती हैं वह आगे चल कर आसान नहीं बनतीं पर उनकी आदत हो जाती है यानी उससे हमें मार्ग भले ही न मिले पर हम उससे डिस्टर्ब होना छोड़ देते हैं या डिस्टर्ब होना छट जाता है, जो भी कहिये। ऐसे ही अनुभवों के बाद सन्त तुकाराम जी ने कहा होगा, "जो भी भोगना लिखा हो, भोगने को प्रस्तुत रहो।" उनके ज़माने में जिम नहीं थे और उनमें कसरत के लिए आने वाली मोटी महिलाएँ भी नहीं थीं, फिर भी ऐसी बात कह गये।

तो दूसरे दिन महिला वैसी ही थी, पर मेरा नूर बदला हुआ था। वह आयीं। आज कल की तरफ हाँफ़ नहीं रही थीं। स्वस्थ होने तक वे एक स्टूल पर बैठी रहीं। मैं उन्हें नज़र आ रहा था। शीर्षासन करने वाली किसी दीदी के दोनों पैर पकड़ कर मैं खड़ा था। मैंने अभिवादन नहीं किया पर मुँह भी नहीं फेरा। उन्हें आता हुआ देख खड़ा ही रहा। फिर उनके स्वस्थ होने तक मैं भी खाली हो गया और उन तक पहुँचा।

'नमस्कार' नहीं, 'दीदी कैसी हैं' तो बिलकुल नहीं, 'माई' भी नहीं; मैंने सीधे काम की बात छेड़ी। "हाँ, चलिये। कल सिखाये हुए व्यायाम कीजिये। यह तय हुआ था कि आप घर पर प्रेक्टिस करेंगी।"

पलभर के लिए लगा कि वे कल की तरह विस्फोटक हो रही हैं पर मुझसे नज़र चुराते हुए गम्भीर मुद्रा से, लेकिन नरम स्वर में उन्होंने कहा, "क्या है कि मैंने घर पर प्रैक्टिस नहीं की।..." उनकी इस बात पर मेरी प्रतीक्षा के इन्तज़ार में वे बिल्कुल किसी चौथी-पाँचवीं की छात्रा के समान लग रही थीं। शायद वे सोच रही थीं कि उनकी इस बात मैं कुछ कहूँगा और जो कहूँगा वह ज़रूर अपमानजनक होगा।

उल्टे मैंने कहा, "कोई बात नहीं, घर पर समय नहीं मिला होगा। अभी

करते हैं। लेट जाइये।'' और क्या चमत्कार! उन्होंने राहत की साँस इतनी ज़ोर से ली कि मुझे साफ़ सुनायी दी।

आज वह मुझसे डरी हुई थीं।

अब मैं इसका ग़लत अर्थ निकाल सकता था, पर निकाला नहीं।

वो मुझसे डरी हुई नहीं थीं, बल्कि अपने मन की उस अपेक्षा से डरी हुई थीं कि मैं उनसे कुछ कह बैठूँगा। मैं कुछ कहता, वह भी जिम में चार औरतों के सामने, तो उनसे सहन नहीं होता। उसे वह अपना अपमान समझतीं। मेरे सवाल से उन्हें यक़ीन हुआ कि अब मैं वही ही करने जा रहा हूँ और वो अपना कलेजा थाम कर मैं जो सुनाता, उसे सुनने के लिए तैयार थीं पर मैंने कुछ कहा ही नहीं। उल्टे, घर पर व्यायाम न करने की उनके आलस को मैंने एक अच्छा बहाना हासिल करा दिया—'घर के काम की वजह से समय नहीं मिला होगा।'

उस दिन उन्होंने बिना कोई तकलीफ़ दिये सब कुछ किया।

लेकिन इसका मतलब यह नहीं था कि हम दोनों के बीच सब चंगा-चंगा था। दो-एक दिन के फ़ासले पर हम में झगड़े का कोई-न-कोई सबब बन ही जाता। ऊपर से शिकायत करने की या पेपर में छपवाने की धमकी वो हाँफ़ते हुए देतीं। चेहरा उतना ही उग्र इतना कि देखने वाले को लगे कि क्या होगा और क्या नहीं। पर अब मुझे कोई फ़र्क़ नहीं पड़ता था। बस इतना था कि मैं यह नहीं कहता था कि पेपर में ज़रूर छपवाइये या शिकायत ज़रूर कीजिये। वह भी धमकी के आगे नहीं बढ़ीं। सेहत भी कुछ सुधरी। वज़न थोड़ा कम हुआ। हाँफ़ना कम हुआ और सबसे बड़ी बात यह थी कि वह मशीन की कसरत करने लगीं। चलने की मशीन पर थोड़ा चल के लड़खड़ा जातीं, हाथ-पाँव से खींचने की मशीन पर दो-तीन फेरों में ही थक जातीं, पेट कम करने की मशीन चलातीं तो दो-तीन मिनटों में ही पसीने से तर हो जातीं। फिर भी इस बात का गौरव उनके चेहरे पर नज़र आता कि औरों की तरह वे भी मशीन पर कसरत कर सकती हैं।

ज़िद पकड़ कर जब उन्हें ज़्यादा कसरत करने की इच्छा होती तब उन्हें रोकना बड़ा मुश्किल काम था। बाद में उनका आना बन्द हो गया। हार्ट के ब्लॉक्स बढ़ गये और कार्डियॅक सर्जन ने कसरत करने से मना कर दिया। फिर बाईपास हुआ और उसके बाद महीने भर में वह गुज़र भी गयीं।

उनके जाने की ख़बर देर से, उड़ते-उड़ते, दूसरी एक औरत से मिली तब अनजाने ही कह बैठा, ''दीदी कुछ साल पहले जिम में आतीं तो शायद अंजाम अलग होता।''

9

ऐसे अनुभव जमा करते-करते जिम की नौकरी तीन साल की। मैंने जाने की बात उठायी न होती तो वह नौकरी और कुछ साल चलती रहती। उस जिम को और उसमें आने वाले हर इन्सान को—औरतों को भी—मैं ऐसे सँभालता था जैसे वह मेरा ही हो। यह स्वभाव का दोष था। कहीं भी थोड़ा समय गुज़ारा तो सब कुछ अपना-अपना लगने लगता था। उसके प्रति एक अटैचमेंट हो जाती थी। पागल दिल कहीं भी लग जाता, फिर यह न सोचता कि मालिक कोई और है। फिर जब इस बात का अहसास होता कि मालिक कोई और है तब बहुत तकलीफ़ होती। लेकिन महत्त्वपूर्ण बातें भूलने की सज़ा इतनी कठोर तो होगी ही।

जिम का भी कुछ ऐसे ही हुआ। मैं दिल लगा कर काम करने लगा। अपनी समझदारी से काम लेने लगा। क्लाइंट्स का हित देखने लगा। बेवजह जिम में आते रहने वालों को जिम बन्द करने की सलाह देने लगा। मालिकों को इसकी भनक मिली और मुझे नोटिस मिला।

इस दौरान यानी इसमें फ़िल्मी दुनिया का काल भी शामिल है, मैंने अनजाने में एक तीसरे ही कौशल में महारत हासिल की और वह है—मसाज का तन्त्र।

अनजाने में कैसे? अनजाने ही कोई कौशल कैसे कोई सीख सकता है?

कैसे का जवाब नहीं दे सकता पर सीखना सम्भव है, इतना कह सकता हूँ। मेरा ही उदाहरण है न!

फ़िल्मी दुनिया में जनाब चौथे असिस्टेंट के तौर से नियुक्त हुए तब शुरू से ही मेरा एक काम या ड्यूटी रहती थी कि डायरेक्टर साहब की विशाल देह का जो हिस्सा वह बतायें, उसे दबाना। कभी सिर, कभी कन्धे, कभी पैर, कभी पीठ, कभी पूरी देह। बाद में मुझे घर बुला कर वह मुझसे अपने पूरे बदन की मालिश करा लेते। सेट पर कैमरा यहाँ-से-वहाँ उठा कर रखना, वक़्त पड़ने पर लाइटब्वायज़ को लाइटें टाँगने में मदद करना, हीरो-हीरोईन का ध्यान रखना, सेट पर पड़ा हुआ कचरा साफ़ करने वाला ऐन वक़्त पर न मिले तो कचरा साफ़ करना, इन कामों के साथ चौथे असिस्टेंट को यह भी करना पड़ता है। ऐसा भले मेरे अपॉइंटमेंट लेटर में न लिखा गया हो—क्योंकि मुझे अपॉइंटमेंट लेटर ही नहीं दिया गया था; डायरेक्टर साहब का 'कल से आने लगो' कहना, वही मेरा अपॉइंटमेंट लेटर था—फिर भी मुझसे यह सारे काम कराये जाते थे। फिर ध्यान में आया कि इनमें से कई बातों का मुझसे भले ही कोई सम्बन्ध न हो पर यह सब करने के लिये मुझे कभी-कभार पग़ार मिलने लगी थी। फ़िल्मी दुनिया में पग़ार भी

कभी-कभार ही मिलती है—हर महीने, फलाँ तारीख को, इतना ही—ऐसा कुछ भी नहीं। पर स्टार लोगों की बात और थी क्योंकि उन्हें अपने पैसे माँगने की ज़रूरत शायद ही कभी पड़ती होगी। उल्टे निर्माता और डायरेक्टर ही भिखारी की तरह उनके दरवाज़े पर शूटिंग की तारीखों के लिए झोली फैलाये खड़े होते हैं।

काम पर लगने के दिन ही सेट पर दो दृश्यों के बीच के अवकाश में डायरेक्टर हीरोइन को अगला सीन समझा रहे थे। इस वक़्त हीरोइन को अच्छी तरह से समझाने के लिए उन्हें कई बार उसकी जाँघों पर थपकियाँ लगानी पड़ रही थीं। उन्हें देखते और गिनते—अब मुझे क्या पड़ी थी गिनने की? पर गिनते हुए जब मैं दूर कुछ खड़ा था तो डायरेक्टर का ध्यान मेरी ओर गया। कहने लगे, ''तू क्या कर रहा है?'' मैं जो कर रहा था उसका सीधा सम्बन्ध वह जो कर रहा थे, उससे था, पर कहना ठीक नहीं होता इसीलिए मैंने कहा, ''कुछ नहीं।''

''ऐंवें ही खड़ा मत रह।'' आदेश हुआ, ''चल आ जा, मेरा सिर दबा दे।''

उस वक़्त तो मैं डायरेक्टर को ही अपना भाग्यविधाता मानता था, सो तुरन्त उनके पीछे जा कर खड़ा हो गया और उनके सिर को कब्ज़े में ले लिया पर इससे पहले मैंने कभी किसी का सिर दबाया नहीं था। पिताजी का भी नहीं। और मेरा सिर कोई दबाये, ऐसी नौबत ही कभी नहीं आयी थी। जिस सैलून में बाल काटने जाता था, कभी-कभार नाई को किसी ग्राहक के सिर की चम्पी करते देखा था। बस, वही पूर्वानुभव था।

नहीं आता या कभी दबाया नहीं; यह बात नौकरी के पहले ही दिन कैसे कहता? हीरो बनने की चाहत में बड़ी मुश्किल से हाथ आया चौथे असिस्टेंट का काम जाने का डर था।

हाथों में पकड़े हुए, उस बालों से भरे पत्थर समान सिर से किस्म-किस्म की महक आ रही थी। उस सिर की ओर एक बार देखा और भगवान का नाम लेते हुए काम शुरू किया।

यानी क्या किया पूछेंगे, तो हाथ आये सिर पर दोनों हाथों से टूट पड़ा। यह सिर डायरेक्टर साहब का है, यह भूल कर उस सिर के साथ जो बन पड़ा, कर दिया।

हीरोइन की जाँघों से पल भर के लिए अपने हाथ हटा कर डायरेक्टर साहब बोले, ''हल्के बेटा, ज़रा हल्के। पहले मुर्गे बेचने का धंधा करता था क्या तू?''

मेरी समझ में नहीं आया। मेरी मसाज का मुर्गे बेचने के धंधे से क्या सम्बन्ध था? शायद डायरेक्टर साहब को मेरे मन में उठी पहेली का अहसास हुआ होगा। उन्होंने कहा, ''मुर्गे की गर्दन इसी तरह तोड़ते हैं।''

'सॉरी' कह कर मैंने ज़ोर कम किया। उसके बाद डायरेक्टर साहब ने मुझे रोका नहीं। इसका मतलब था कि मेरी मसाज का सुधरा हुआ ढंग उन्हें ठीक लग रहा था।

हाथ आया अंग दोनों हाथों से, सभी तरफ़ से गँथते जाना—इस हुनर का पहला पाठ मैंने उस दिन फ़िल्म के डायरेक्टर का चौथा असिस्टेंट बन कर सीखा।

10

अगले ही दिन बिटवीन दी शॉट्स फिर से आदेश हुआ, "बेटा, ज़रा कन्धे रगड़ना।" यानि आज कन्धों को मसाज करना था।

मैंने एक कन्धा पकड़ा। इतना चौड़ा कि हाथ में नहीं आ रहा था। चर्बी की मोटी-मोटी परतों वाला। तरीका वही। मालिश करो। पिछले दिन का अनुभव याद रख कर पहले हल्के ही रगड़ रहा था। फिर धीरज खत्म हुआ। कन्धा मज़बूत था। मलते वक़्त बचे हुए डायरेक्टर साहब नज़र नहीं आ रहे थे—इतना मैं इस काम में रम गया था।

ये दूसरा शैक्षणिक मसाज ज़्यादा देर तक टिका नहीं। कल से कम समय में ही कन्धा मेरे हाथ से छुड़ा कर डायरेक्टर बोले, "बस्स-बस्स। काफ़ी हुआ।"

दूसरे कन्धे की ओर बढ़ा तो आज्ञा हुई, "नहीं, अब रहने दो।"

महसूस हुआ कि कुछ ग़लती हो गयी। मेरे हाथ से कन्धा छुड़ा कर वे खड़े हुए। मुझसे कहा, "तुम बैठो।" मैं हिचकिचाने लगा तो ज़बरदस्ती मुझे कुर्सी में बिठा कर उन्होंने मेरे कन्धे को वह झटका दिया कि नानी याद आ गयी। "इसको मसाज नहीं कहते, यह कुश्ती का एक दाँव है।" डायरेक्टर ने मेरी ग़लती दिखा दी। फिर मेरे दोनों कन्धों पीछे से हल्के रगड़ते हुए बोले, "इसको कहते हैं मसाज। समझे?"

मसाज की मेरी शिक्षा का यह दूसरा पाठ। फ़िल्मी दुनिया में चौथा असिस्टेंट बन कर एक बड़े फ़िल्म डायरेक्टर से इस तरह से मैंने मसाज के पहले पाठ हासिल किये।

फिर माफिया पर बनी हिन्दी-अंग्रेज़ी फ़िल्में देखते वक़्त डॉन के कन्धों को टोली के किसी सदस्य द्वारा मलने के दृश्य देख-देख कर मेरी मसाज की शिक्षा काफ़ी सुधर गयी। फ़िल्म का प्रसंग और उसमें भरा नाट्य छोड़ कर अपने कैरियर

की दृष्टि से मैं पर्दे पर दिख रहे मसाज को तरीकों का अध्ययन ध्यान से करने लगा। हिन्दी फ़िल्मों में सितार या पियानो बजाने का दृश्य जितना झूठा और ग़लत होता है, उतना ही उनमें दिखायी जाने वाली मसाज भी झूठी और ग़लत होती है पर सिनेमा में पियानो पर उँगलियाँ दौड़ाने वाले दिलीपकुमार या राजेन्द्रकुमार को देख कर कोई पियानो बजाना सीख जाये तो मुझे ताज्जुब न होगा, क्योंकि फ़िल्मों में डॉन को गुदगुदी करने वाले उसके चमचों को देख-देख कर ही मैंने अच्छी मसाज करने का अपना तरीक़ा ईजाद किया था।

एकाध असिस्टेंट को कोई डायरेक्टर बार-बार घर बुलाने लगे तो उसे डायरेक्टर का चहेता समझ कर दूसरे असिस्टेंट्स उससे नफ़रत करने लगते हैं। यह फ़िल्मी दुनिया की बड़ी दक़ियानूसी सोच है। उन्हें लगता है कि यह चला ऊपर। और किसी का भी ऊपर जाना नीचे वालों को सुहाता नहीं। फिर टाँग खिंचाई शुरू होती है। डायरेक्टर मुझे बार-बार घर बुलाने लगे। दूसरे असिस्टेंट्स के सामने दिन के आख़िर में वे जैसे अचानक याद आया हो, इस तरह से कहते, "अरे हाँ आनन्द, आज रात को ज़रा घर आ जाना बेटा।"

मुझे किसलिए घर बुलाया जाता है, यह मेरे सहकारी नहीं जानते थे। घर के नौकर के गाँव जाने की वजह से जब डायरेक्टर की डायन पत्नी को पूरा काम करना पड़ता तब वह अबला नारी अपना सारा ग़ुस्सा दिन के अन्त में पति के लौटने पर उस पर उतारती। उससे छुटकारा पाने के लिए डायरेक्टर मुझे घर बुला लेते। घर का दिनभर का बचा-खुचा काम मैं कर देता था।

तो एक रात को एक बड़ी कठिन काम मुझ पर आन पड़ा।

सोचिये, क्या रहा होगा?

डायरेक्टर की पत्नी को मसाज!

घर में गिर जाने से (वो थोड़ा लेती थी...) माताजी की कमर में दर्द था। स्टूडियो से निकलते वक़्त डायरेक्टर साहब यह नहीं जानते थे। जानते भी कैसे? एक अच्छा डायरेक्टर वह होता है जो काम करते वक़्त अपनी पत्नी की कमर की नहीं बल्कि अपनी हीरोइन की कमर की ख़बर रखता हो। हम घर पहुँचते और डायरेक्टर की पत्नी कमर पकड़ कर हाय-हाय करती हुई बिस्तर में कराहती पड़ी थी।

अब इतनी रात को कहाँ से हड्डी का वैद्य मिलेगा? डायरेक्टर ने मुझसे कहा, "आनन्द, ज़रा देख। कुछ कर। नहीं तो रात में मेरी ख़ैर नहीं।"

तब तक किसी भी औरत की कमर से वास्ता नहीं पड़ा था। तिसपर गुरुपत्नी! बहुत सकुचाया।

मना कर दूँ तो मुश्किल। डायरेक्टर की रात बिगड़ेगी। अब वह ऐसा समझे कि पत्नी की वजह से बिगड़ी है तो ठीक, पर अगर वह यह समझ बैठे कि मैंने मसाज करने से मना कर दिया इसीलिए उनकी रात बिगड़ गयी तो फिर तो संकट ही था। इतने दिनों से की हुई शागिर्दी ख़तरे में पड़ जाती।

जब ओखली में सर दे ही दिया है तो मूसलों से क्या डरना के न्याय से मैं राज़ी हो गया।

जिस तरह औरत की कमर की जानकारी नहीं थी उसी तरह कमर की रचना, उसकी हड्डियों की भी कोई जानकारी नहीं थी। और इसमें से कुछ भी हाथ लगाने लायक गुरुपत्नी दुबली-पतली नहीं थीं। डायरेक्टर साहब अगर वज़न के मामले में नारायण थे तो वे साक्षात् लक्ष्मी थीं। कमर यानि चबी की अनगिनत परतें।

तो मैंने डायरेक्टर साहब के आदेशानुसार उनके अन्तःपुर में प्रवेश तो कर लिया। सीने में बेकार ही धक-धक हो रही थी। हाथ में तेल की कटोरी और कन्धे पर तौलिया--यह मसाज का सामान साथ में था। सोचा था, डायरेक्टर साहब भी पीछे-पीछे आएँगे...पर वे बाहर ही रुक गये।

दोनों पति-पत्नी के अन्तःपुर अलग-अलग थे। हमारे घर में माँ-पिताजी को हमें टाल कर तन्हा जीने के लिए बिल्डिंग के टेरेस के सिवा घर में कभी ख़ाली जगह नहीं मिली और इस घर में पति-पत्नी के लिए अलग-अलग अन्तःपुर उर्फ़ बेडरूम! और वह किसलिए? इनके तो बच्चे भी नहीं हैं।

खैर! तो यूँ जा कर माताजी के बेड के पास बैठ गया।

वह बीच-बीच में कराह ही रही थी।

दर्द से भी ज़्यादा दिखावा लगा मुझे। पर हो सकता है दर्द भी हो रहा हो।

"कहाँ दर्द हो रहा है, माँ जी?" मैंने बड़े प्यार-भरे सुर में पूछा।

माँ जी ने अन्दाज़ से कमर की ओर इशारा किया।

"देखने दो," जानकार के सुर में मैंने कहा और मन में घबराया। देखना मतलब कैसे देखना? साड़ी और अन्दर का पेटीकोट दूर किये बग़ैर दर्द की वजह और जगह नज़र आने वाली नहीं थी। महिला बड़ी मेहनत से सीधी से उल्टी हो गयी। कोई दूसरी-तीसरी होती तो पूछ बैठती कि डायरेक्टर पति के चौथे असिस्टेंट को हड्डी के बारे में क्या मालूम है और पूछती भी तो उसमें क्या ग़लत होता? कुछ मालूम नहीं, यही उसका जवाब होता। लेकिन महिला वाक़ई तकलीफ़ में थी। झट से बिस्तर में करवट बदल कर मेरे लिये उल्टी हो गयी और लेटी

रही। अपेक्षा यह थी कि साड़ी नीची करके दर्द की जगह जाँच लूँ पर मैं हिम्मत नहीं जुटा पा रहा था। किसी की साड़ी उतारने की कल्पना ही अनैतिक जान पड़ रही थी फिर भले ही वह मसाज के लिए क्यों न हो? तिसपर गुरुपत्नी।

मुड़ कर देखा, डायरेक्टर साहब कहीं नज़र आ रहे हैं क्या? कम-से-कम नज़र रखने के बहाने दरवाज़े के पीछे से झाँक रहे हों। पतियों से ऐसे वक़्त कुछ अपेक्षाएँ होती हैं। पर वह कहीं नहीं थे। एक बार लगा कि जा कर उन्हें बुला लाऊँ। यहाँ खड़ा करूँ। वे हों तो अच्छा। पर वह पागलपन साबित होता। भगवान का नाम लिया और महिला की साड़ी कमर से यूँ धीरे-से नीचे खींची। नीचे हो नहीं रही थी इसीलिए ज़ोर लगाया। साड़ी नीचे खिसक गयी और उसके नीचे का मांसल, गोरा बदन नज़र आने लगा।

''यहाँ?'' एक लाल हुई जगह की तरफ घूरते हुए पूछा। ''बताओ ना कहाँ?,'' पेट के बल लेटी हुई वह महिला धीरे-से फुसफुसायी। ''तुम उँगली नहीं रखोगे तो मुझे कैसे पता चलेगा? क्या मेरी पीठ में आँखें हैं?'' झट-से मैंने उँगली एक मांसल जगह पर गड़ायी। दबायी। ''दर्द है?'' किसी मँझे हुए फिजियोथेरेपिस्ट की तरह मैंने पूछा। महिला ने गर्दन हिला कर इनकार दिखाया।

''यहाँ?'' उँगली और नीचे खिसक गयी। ''दर्द है?'' महिला का इनकार। ''फिर यहाँ?'' मेरी उँगली नीचे और नीचे जा रही थी। एक जगह पर दबाते ही महिला बिस्तर में ही तिलमिला, ''उई माँ!'' वह कराही।

मुझे लगा जैसे मैंने कोई अत्याचार किया हो और उँगली हटा ली। सही मसाज करने के लिए सही जगह मिलना भी ज़रूरी था। वह अब मिल गयी थी।

''सॉरी'', मैंने कहा। पर असलियत में मेरी ख़ुशी का कोई ठिकाना नहीं था। यानि इतना तो कर पाया था।

सामने नज़र आने वाले कमरे के खुले, गोरे, पर चोट से लाल हुए अंग से अब मैं उँगलियों की मदद से भिड़ गया। दे मार—तेल लगा रहा था। पहला संकोच मिट गया। अपना अज्ञान भी भूल बैठा। गूँधता गया। दर्द देने वाले अंग पर मसाज करने के कोई नियम होंगे, पर मैं उन्हें कहाँ जानता था? पर उसकी कमी भी उस वक़्त महसूस नहीं हो रही थी।

उन्हें शायद ठीक लग रहा था क्योंकि उनका कराहना बन्द हो गया था। अपना पिछला अंग मेरे हवाले कर वह अब चुपचाप पेट के बल लेटी हुई थीं। बीच-बीच में ही राहत भरी आवाज़ें निकाल रही थीं। उसे देख कर मुझे उस बिल्ली की याद आयी जो सहलाने से सुस्ताने लगती है। उसके मांस से मेरी उँगलियाँ

एक तरह से गड़ रही थीं और घूम रही थीं। दर्दीले हिस्से पर आने पर मैं थोड़ा ज़्यादा ही ज़ोर दे रहा था।

मसाज की औपचारिक शिक्षा मैंने हासिल नहीं की थी फिर भी मुझे यह सब कहाँ से सूझ रहा था, पता नहीं। अपने मन से, उँगलियों के नीचे दबने वाले प्रदेश का अन्दाज़ लेते हुए मेरा सफ़र चल रहा था और सबसे बड़ी बात यह थी कि मसाज के नशे में महिला तो लेटे-लेटे खो ही गयीं पर अनजाने में मैं भी खो गया। यह तो न जाने कितनी देर चलता रहता पर तभी इतनी देर तक दूसरी किसी चीज़ में उलझे डायरेक्टर कि क्या हो रहा है, यह देखने के लिए बेडरूम में घुसे। मैं तुरन्त होश में आया। उँगलियाँ रुक गयीं।

"अरे वाह! लगता है तुम बहुत अच्छा मसाज करते हो!" सुख से बेख़बर सो रही पत्नी की तरफ देखते हुए डायरेक्टर ने कहा। "ये तो सो गयीं।"

"मैं सोयी नहीं हूँ।" पत्नी जाग कर बोली। "नींद आये तब न! इतना दर्द हो रहा है। एक पल को भी आराम नहीं।"

आईला! सोयी तो थी। मेरे मसाज से सोयी थी। डायरेक्टर नहीं आते तो पता नहीं और कितनी देर सोती रहती और कह रही है, दर्द से एक पल को भी आराम नहीं।

11

कामयाब लोगों में, पत्नी को—यानी बेशक अपनी पत्नी को बिल्कुल सीरियसली न लेने की एक आदत होती है। डायरेक्टर साहब फिर मुझे बाहर ले गये और पीने बैठ गये। यानी वह पी रहे थे और मैं बैठा था। पीने का उनका एक अन्दाज़ था। पीने के बाद वे एकदम इमोशनल हो जाते थे। पहले गद्-गद् हो जाते, लम्बी-लम्बी आहें भरते। निराशा प्रदर्शित करते हुए गर्दन हिलाते। फिर एक-दो पेग के बाद उन्हें रुलाई फूटती और प्यार उभर आता। और एक पेग पेट में जाने पर वे छोटे बच्चों की तरह फूट-फूट कर रोने लगते। विषय होता, सत्यजीत रॉय। अब सत्यजीत रॉय के लिये उन्हें फूट-फूट कर रोने की क्या ज़रूरत थी भला? वह इनके कोई नहीं लगते थे। और उस वक़्त तो वे अच्छे-भले ज़िन्दा थे। कारण यह था कि वह दुनिया के सामने अपनी देश की गरीबी को प्रदर्शन करके पेट जलाता है। पल भर के लिए मान लेते हैं कि जलाता है। पर उससे इनको क्या तकलीफ़ हो रही

है जिसके लिए ये इतना सीना पीट-पीट कर रो रहे हैं? इस देश की ग़रीबी के बारे में दुनिया क्या पहले जानती न होगी? वह क्या सत्यजित रॉय द्वारा दिखाने के बाद ही उन्हें पता चली? और हम अपनी फ़िल्मों के द्वारा कल्पना की दरिद्रता का जो प्रदर्शन कर रहे थे उसका क्या? असल बात तो यह थी कि हमारे डायरेक्टर किसी ज़माने में सत्यजित रॉय जैसे बनना चाहते थे। वैसी आर्ट फ़िल्में बना कर देखते-देखते दुनिया में मशहूर होना चाहते थे। लेकिन उनके हिसाब से नसीब ने ऐसा होने नहीं दिया। उन्हें एक ट्रॅश बनाने वाला बाज़ारू निर्देशक बना दिया। इस तरह सोग मनाते वक़्त वे सत्यजित रॉय को हल्की गालियाँ देना नहीं भूलते थे। साथ ही वह किसी न्यायमूर्ति की तरह यह भी घोषित कर देते कि विदेशों में अपनी फ़िल्में दिखा कर देश की ग़रीबी का व्यापार करना एक ऐसा अपराध है जो क़ाबिल-ए-मुआफ़ी नहीं है। फिर सोग!

ऐसे समय पर चौथे असिस्टेंट की हैसियत से उन्हें समझाना भी मेरा काम हुआ करता था। मैं भी क्या ख़ाक समझाता? फूट-फूट कर रोने के साथ-साथ वह फूट-फूट कर पीते भी थे। करुण रस के साथ पीना अपनी चरम सीमा पर रहता। नशा चढ़ने पर फिर मुझसे कन्धे, सिर, पीठ दबाने के लिए कहते। सबसे ज़्यादा उनकी ही विशाल देह मेरे हाथों में गुजरी इसीलिए उनके बदन पर मेरी उँगलियाँ अच्छी तरह जम गयीं थीं। शायद इसी वजह से उन्हें मेरी मसाज की जैसे आदत पड़ चुकी थी। दूसरे किसी से नहीं करवाते थे। ऐसी शोकाकुल अवस्था में उन्हें खाना खिलाना भी मेरा ही काम हुआ करता था। खाने की थाली में ही माथा टेक कर सो जाते। फिर उनके चेहरे पर, बदन पर लगी जूठन अच्छी तरह से पोंछ कर उन्हें ढंग से बिस्तर पर लिटाने का काम मेरा ही रहता था।

और सवेरे उन्हें इसमें से कुछ भी याद नहीं आता।

तो उस रात भी सब कुछ बिल्कुल इसी ढंग से गुज़रा। डायरेक्टर की पत्नी की आवाज़ फिर सुनायी नहीं दी। इससे मैंने अन्दाज़ा लगा लिया कि वह अच्छी तरह से सोयी होंगी। डायरेक्टर साहब को बिस्तर में लिटा कर मैं रिक्शा पकड़ कर आख़िर अपने मुकाम पर पहुँच गया और अपने बिस्तर पर लेट गया। तब तक पौ फटने का समय हो गया था।

दूसरे दिन डायरेक्टर सेट पर वहाँ के कामों की चर्चा मुझसे कर रहे थे और बीच में ही जैसे किसी ने चैनल बदल दिया हो। मुझसे कह बैठे, "आनन्द, साले, मुझे पता नहीं था तू औरत पटाने में इतना तेज़ है।"

पहले तो मैं समझा नहीं पर बाद में दिमाग़ की बत्ती जली।

"आज सुबह से मेरी बीवी बोलने लगी है, उस लड़के को रोज़ रात को मुझे मसाज करने के लिए भेजते रहना।"

मेरा दिल धक् से बैठ गया। पर डायरेक्टर आँख मारते हुए बोले, ''डर मत बेटे। मैंने कहा है, तूने पहले किसी औरत का मर्डर किया है और जेल काट चुका है। वह झमेला रात को ही हुआ था।'

तब से वह बोलती है, 'मैं बच गयी। ख़ुदा की दुआ समझती हूँ कि कल रात को ऐसा कुछ हुआ नहीं। आपने यह पहले क्यों नहीं कहा?''

पत्नी से मेरा इस तरह भयानक बचाव करने के पीछे डायरेक्टर का क्या उद्देश्य होगा, वह ढूँढ़ने लायक है। एक तो वे अपने सुख की चीज़ पत्नी के हाथ नहीं लगने देना चाहते थे। उन्होंने तय किया होगा कि इमरजेंसी में जितना हुआ, उतना ठीक है या शायद यह भी हो सकता है कि आगे चल कर मेरे और उनकी पत्नी के बीच कोई लफड़ा होने की सम्भावना उन्हें नज़र आयी हो और सावधानी के तौर पर उन्होंने वह ख़ून का और जेल का झूठ उसके सामने रख दिया हो। नतीजा यह हुआ कि उसके बाद कभी दिन हो या रात, डायरेक्टर साहब के साथ उनके घर पहुँचता तो डायरेक्टर की पत्नी बाहर झाँकती तक नहीं थी। अन्दर ही रहती थीं।

पर मेरे मसाज को एक और दाद तो मिली थी।

12

तो इस तरह से यह मसाज का किस्सा मेरे अनजाने आगे-आगे बढ़ रहा था और जिम से नोटिस मिल गया—'अगली एक तारीख से दूसरा काम देखिए।'

अब यहाँ एक बात बतानी ज़रूरी है। पर कैसे बताऊँ, समझ नहीं आ रहा। यहाँ तक हँसता रहा, हँसाता रहा। वक़्त मज़े में बीत रहा है। ऐसे में क्यों ऐसा लगेगा? मैं भी सोच रहा हूँ। पर बतानी ही होगी वरना आगे की बात समझ में नहीं आएगी।

इसी बीच मैंने संसार नाम का कुछ भी कर डाला। मज़ाक नहीं, सचमुच। आप पूछोगे, शादी कब की?

की ही नहीं?

राइट्। शादी की नहीं पर संसार सजाया।

इस वक़्त तक मैं दोस्त के लॉज से निकल कर बारह बाई बारह के ग्यारह महीनों के क़रार पर एक अपने निजी कमरे में पहुँच चुका था। ब्रह्मचारी को एक मठी मिल गयी थी। कमरे के आठ कोण थे। वही दीवानखाना, वही स्टडी, बेडरूम

और किचन। खाना बनाने का सवाल ही नहीं पैदा होता था पर चाय ज़रूर बनाता था। बाथरूम अन्दर, पर टॉयलेट ऊपर, मालिक का; और वह भी सिर्फ़ दिन के वक़्त। रात को जाने की मनाही थी। फिर रात को क्या होगा? कल्पना कीजिए। ग़लत नहीं सोचेंगे।

तो वह ज़माना। फ़िल्मी दुनिया से विदा ली थी पर फ़िल्मों से थोड़े ही ली थी? कभी-कभार रात के शो में चला जाता था। फिर टैक्सी करने की अपेक्षा पैदल ही मठी पर पहुँच जाता था। भूख लगती तो वहीं रास्ते के किनारे लगी गाड़ी से बटाटा बड़ा नहीं तो पावभाजी खा कर डकार दे देता।

ऐसे ही एक दिन फोर्ट एरिया में एक अंग्रेज़ी पिक्चर देख कर, धोबीघाट पर पाव भाजी खा कर अपनी भूख शान्त करके अकेले ही, एक-दो, दायाँ-बायाँ करते हुए ठाकुरद्वार नाके पर डिमटिमकर लेन में अपनी नयी-नवेली मठी की राह पर चलता चला जा रहा था। दिमाग़ में अभी-अभी देखी फ़िल्म की बातें घूम रही थीं। यह शॉट ऐसा लेते तो, वह शॉट उस तरह शूट करते तो—ऐसी कल्पनाएँ करता जा रहा था। कोई डेढ़ बज रहा होगा। धोबीघाट पार करके पारसी अग्यारी के पास पहुँचा था। अगर मैं डायरेक्ट करता तो आखिर का क्लाइमेक्स कैसे शूट करता—इन्हीं ख़यालों में खोया हुआ चल रहा था कि पीछे शोर हुआ।

पहले तो लगा कि मेरे दिमाग़ में चल रहा क्लाईमेक्स ही है। फिर समझ मे आया कि शोर असली है।

पहली प्रतिक्रिया जान बचा कर भागने की थी। महाराष्ट्र के एकमात्र भाई उर्फ़ पु. ल. ने प्रकट रूप से कहा था, 'मैं भागने वालों में से हूँ।' इस एक गुण के बारे में मैं भाई को गुरुस्थान पर मानता हूँ।

भागने की इच्छा दबा कर देखने लगा तो नज़र आया कि एक औरत को तीन पुरुष कुछ दूरी पर खड़ी टैक्सी में ज़बर्दस्ती खींच कर ले जा रहे हैं। वह जी-जान से विरोध कर रही है और वो दुष्ट उसे टैक्सी की तरफ़ खींच रहे हैं। देख कर एकबारगी सोचा कि भाग जाएँ। इस पहली प्रतिक्रिया के बाद की दूसरी प्रतिक्रिया—उसकी मदद करनी चाहिये। पीछे-पीछे तीसरी प्रतिक्रिया आयी—वह उसी के कोई होंगे तो? पर खींचने वाले पुरुषों के लिबास देखें तो औरत से मैच नहीं हो रहे थे। वे ऐसे-वैसे ही लग रहे थे। ऊपर से उनकी आँखें बता रही थी कि उन्होंने पी रखी थी। आकार देखने से लग रहा था कि उनकी ताक़त ज़्यादा नहीं होगी। पर उसी के साथ चौथी प्रतिक्रिया आयी—तीनों में से एक के पास या तीनों के पास हथियार हो सकते हैं। हथियार यानी उस ज़माने में ए. के.

फ़िफ़्टी सेवन वग़ैरह मुम्बई में भले ही नहीं आये थे पर साधारण चाकू से भी डर लगता था।

मेरी इन सारी प्रतिक्रियाएँ होने तक वह तीन पुरुष औरत को टैक्सी तक घसीट चुके थे। अब उसे गाड़ी में डालने का सवाल बाक़ी था। उसकी आवाज़ बन्द करने के लिए उनमें से एक ने उसका मुँह दबा कर पकड़ा हुआ था और वह चिल्ला नहीं पा रहा थी इसीलिए वह लातें झाड़ रही थी।

ये सब घटते वक़्त मेरे समेत छः लोग यह दृश्य देख रहे थे पर कोई आगे नहीं आ रहा था। औरत दिखने में मध्यवर्गीय समाज की लग रही थी। उम्र होगी तीस-बत्तीस। रंग गेहुँआ, अच्छी साड़ी पहने हुए। चेहरा भी ठीक-ठाक ही था। ठीक-ठाक यानी सुन्दर नहीं पर ऐसा अनदेखा न किया जा सके। टैक्सी में घुसने का वह जी-जान से विरोध कर रही थी। पर एक तो औरत, तिसपर खींचने वाले पुरुष—वो भी तीन; इसीलिए उसकी शक्ति कम पड़ रही थी और कुछ ही सेकेण्ड में वह टैक्सी में भरी जाने वाली थी। वे उसे ले कर न जाने कहाँ जाने वाले थे और क्यों जा रहे थे।

13

अबलाओं का स्वघोषित रक्षणकर्ता, अखिल भारतीय ज़ुन्म-ज़बर्दस्ती विरोधक संगठन का अध्यक्ष या सेक्रेटरी, क़ानून और सुव्यवस्था का आजन्म संरक्षक—मैं इनमें से कुछ भी नहीं था और न ही बनने की इच्छा रखता था। इसके लिए अपने पास समय नहीं। जिनके पास फ़ालतू समय पड़ा हो ऐसे लोगों के लिए हैं यह सब धंधे। इन लोगों के प्रति पूरे आदर के साथ ऐसी धारणा मैंने बहुत पहले बना ली थी जो आज तक कायम है।

अब भी अगर मैं हमेशा की तरह होता तो इस झंझट से दूर कम-से-कम एकाध फर्लांग दूर अपने घर के रास्ते पर चल रहा होता। पर कुछ हुआ। क्या हुआ, पता नहीं, आज तक नहीं। वह औरत टैक्सी में धकेली जा रही थी और टैक्सी में ड्राइवर की सीट पर एक जना बैठा है, यह देख कर मैं आगे बढ़ा। उन तीनों के सामने जा कर खड़ा हो गया। शूटिंग के सेट पर जिस तरह "एक्शन" चिल्लाते हैं, वैसे ही ऊँचे स्वर में चिल्लाया, "एक्शन!" उनके लिये यह शायद अनापेक्षित था। तीनों रुक कर मेरी तरफ देखने लगे। अब पता चला कि मेरी

पहाड़ी आवाज, कभी की हुई कसरत की वजह से कसा हुआ बदन और मन में डर रहने के बावजूद रोबीली आवाज़ की वजह से उन्हें शायद ग़लतफ़हमी हुई कि मैं कोई पुलिस वाला था। मुझे यक़ीन था कि मेरे "एक्शन" पर वह तीनों या तीनों में से एक अपने जेब से हथियार निकालेगा। वैसा कुछ होता तो क्या करने का मैंने सोच रखा था? भागने का, और क्या? पर मेरे एक्शन पर हथियार निकालने की बजाय वे नरम पड़ कर मुझी को समझाने लगे, "यह हमारा अन्दरूनी मामला है भाई, इसमें क्यों आता है?" उनके द्वारा बचाव की युक्ति अपनाने पर मेरी हिम्मत बढ़ गयी और मैंने और भी आक्रमक सुर लगाया। आवाज़ चढ़ा कर बोला, "अन्दरूनी मामला है तो रास्ते पर क्यों लाया? ××× ×××××. ×××××! चलो, छोड़ो उस औरत को। भागो! ए-क्शन!!"

इस धमकी में जितने क्रॉसेज़ है, उन्हें देख कर तो आपको पता चला ही होगा कि मेरी हिम्मत काफ़ी बढ़ गयी थी और मैं अब लड़ाई के लिए तैयार हो गया था। पर मैं बार-बार एक्शन क्यों चिल्ला रहा था मैं भी नहीं जानता था। लड़ाई के लिए तैयार रहने के साथ-साथ पीछे भागना पड़ा तो भागने की भी पूरी तैयारी थी।

औरत टैक्सी के भीतर से, किसी कसाई के हाथ लगी असहाय गाय की तरह उसे उन दुष्टों के हाथों से बचाने के लिए डटे हुए मुझे देख रही थी। मेरा रौद्र रूप देख कर तीनों में से एक ड्राइवर के पास वाली सीट पर घुसते हुए औरत पर पहरा देने वाले अन्य दो जनों से बोला, "छोड़ो उस रण्डी को, और तुम अन्दर आओ। पुलिस का आदमी लगता है। अगले बखत देख लेंगे साली को!" बचे हुए दोनों औरत को बाहर खींच कर ख़ुद टैक्सी की पिछली सीट पर कूद पड़े और तीनों टैक्सी समेत दुम दबा कर भाग गये।

अस्त-व्यस्त, घबरायी-सी औरत पीछे रह गयी थी। पाँच तमाशबीन और मैं। रात के डेढ़ बज रहे थे। और सड़क।

वो अब भी डरी हुई थी। जो बेइज़्ज़ती हुई थी उसकी वजह से शर्मिन्दा भी थी। और अब इस नयी परिस्थिति में मैं उससे भी ज़्यादा शर्मिन्दगी महसूस कर रहा था।

वो कौन? कहाँ की? वह उसके कौन? असल में माजरा क्या था—कुछ भी पता नहीं था। देखने वाले मुझे ऐसे देख रहे थे जैसे मैं उस औरत का कोई हूँ।

फिर वे अपनी जगह, अपनी राह चल दिये। उनकी तमाशा देखने में रुचि थी और तमाशा तो अब ख़त्म हो चुका था।

उनके जाते ही मन में सवाल उठा, अब क्या? सोचा, आवाज़ दे कर उन्हें वापस बुला लूँ। पूँछूँ, ऐसे कैसे जा रहे हो? इसके आगे क्या करना है, यह कहाँ तय हुआ?

जैसे कि वह उनका जिम्मा था! और वे बेचारे रास्ते के रहने वाले थे जिनका न कोई घर-बार होता है और न कोई निश्चित काम-धाम।

उनके जाने की वजह से अब यह मेरा काम बन गया।

मैं और वह औरत! सड़क पर तीसरा कोई नहीं। रात के दो बजने को थे।

अपनी राह चला जाऊँ तो औरत पीछे रह जाती। शहर की ही है या बाहर से भगा कर लाए थे, ख़ानदानी या कोई और, शहर में इस वक़्त कहाँ जाती— कुछ पता नहीं। ऐसे ही छोड़ देता तो अन्य किसी समाज-शत्रु के हाथ लगने का डर। फिर उसे उन तीनों के कब्ज़े के छुड़ाने का क्या मतलब था? अच्छा, पूछने के झंझट में पड़ो तो आगे की ज़िम्मेदारी उठाने की तैयारी होनी चाहिये।

वो नहीं थी।

वक़्त भी ऐसा था।

एक बारगी सोचा, अपने को नहीं चाहिये बेकार का झंझट। चले जाएँ, बस। पीछे फिर चाहे जो हो। एक बार छुड़ाया तो इसका मतलब यह नहीं कि इसकी सुरक्षा का जिम्मा मेरा ही हो गया।

वो मेरे सामने अल्लाह की गाय जैसी खड़ी थी।

दिल पत्थर कर के, पीठ घुमा कर चल दिया। सोचा था, बिलकुल पीछे मुड़ कर नहीं देखूँगा।

कुछ दूर जाने पर देखा, तो वह पीछे से आ रही थी। थोड़ी दूरी पर। मेरे दादाजी जब दादी के साथ कहीं जाते तब दादी जैसे दूरी रख कर चलती थी, वैसे ही।

दादाजी का तो ठीक था। पर मैं तो मुश्किल में फँस गया था। यह दादी थोड़ी थी! अब क्या?

अब इस झंझट से बाहर निकलने के लिए भी रुकना ज़रूरी था। उससे बात करना ज़रूरी था।

फ़िल्मी दुनिया में रह कर भी जो संकट मैंने अपने पर आने नहीं दिया था उस संकट में मैं फ़िल्मी दुनिया छोड़ने के बाद फँस गया था।

मेरे रुकते ही थोड़ी दूर वह भी रुक गयी। दोनों हाथ सीने पर धरे थी जैसे कि उन तीनों की तरह मैं भी उस पर हमला करने वाला था।

"कहाँ रहती है?" मैंने राष्ट्रभाषा में पूछा। इरादा यह था कि उसे पता न चले कि मैं मराठी हूँ। पर मुझे पता चले कि वह कहाँ की है।

उसने कहा, "संगमनेर।"

"इस झंझट में कैसे फँस गयी?"

जवाब में वह रोने लगी।

औरतों के रोने से बेअसर रहने वाले पुरुष भी होंगे। मैं उनमें से एक होता तो मुझे ख़ुशी होती। पर मैं उनमें से नहीं हूँ। झक मारी और पूछ बैठा, ऐसा मुझे लगा। मुझे लगा जैसे मैं कोई क्रूरकर्मा हूँ। ऐसे वक़्त पर रोने वाली स्त्री के लिए मेरा मन भर आता है और ऐसे-ऐसे ख़याल मन में आने लगते हैं कि क्या कहूँ! ऐसे लगता है जैसे उसे पास ले कर सहलाऊँ। जेब में पड़े सूखे रूमाल से उसकी बहती आँखें पोंछूँ। गालों से बहते आँसू हल्के-से होंठों से पी लूँ। बिखरी ज़ुल्फ़े नाज़ुक हाथों से ऐसे बार-बार पीछे ठेलता रहूँ...ऐसे और भी बहुत...बहुत कुछ करने को जी चाहने लगता है। आमतौर पर मैं कोई भावुक इन्सान नहीं हूँ पर इस एक मामले में मैं मजबूर हो जाता हूँ।

14

अब तक जितनी औरतें मेरे सामने रोयी थीं, वह भी उँगलियों पर गिनने जितनी, वे सब-की-सब आस-पास किसी के रहते रोयी थीं। यह तो समय भी ऐसा था। रास्ता सुनसान और समय आधी रात के बाद का। तिसपर सिर्फ़ हम दोनों। मैं और वो। और वह फ़फ़क-फ़फ़क कर रो रही है। मुझे कुछ भी सूझ नहीं रहा था। बुत बना खड़ा था। उसको पूछने के लिए मन में जो सवाल तैयार किये थे, वह खो गये। सोचा, जो होगा, सो देखा जाएगा। इसको घर ले जाऊँगा तो अड़ोस-पड़ोस के लोग भवें उठा कर देखेंगे। देखने दो। मैं कौन-सा उनका दिया खा रहा हूँ? कमरा छोड़ना पड़ेगा। जब छोड़ना पड़ेगा तब देखा जायेगा।

मैं उसे कमरे पर ले गया।

रात को कम-से-कम देखने के लिए बिल्डिंग में कोई जगा हुआ नहीं था। एक बार सोचा, उसे कमरे में सुलाऊँ और मैं बाहर सो जाऊँ। पर समय पर नींद न खुलती तो मुझे कमरे के बाहर सोता देख कर सवेरे से ही बिल्डिंग में

चर्चा शुरू हो जाती। उससे बेहतर सोचा कि उसे दिन निकलने से पहले, किसी के जागने से पहले जाने के लिए कह दूँ तो चर्चा का सवाल ही नहीं उठेगा।

ये ठीक था। करने में कोई मुश्किल नहीं थी। कमरे पर पहुँचते ही सबसे पहले तो उससे मैं उसके बारे में सब पूछने वाला था यानी आज रतजगा होने वाला था। अन्दर कहीं यह महसूस हो रहा था कि यह सब कुछ अजीब-सा हो रहा है पर अब पीछे मुड़ कर देखना सम्भव नहीं था। बहुत पहले मैंने जैसा न बनने की ठान रखी थी, ठीक वैसा ही मैं बनता जा रहा था।

एक अबला का स्वघोषित रक्षक।

घर पहुँचे। पीछे से वो। धीरे-से सीढ़ियाँ चढ़ीं। उसे भी इशारे से कहा कि धीरे-से। हल्के ही ताला खोला। हल्के ही कमरे में दाखिल हो गये। टॉयलेट ऊपर है और सवेरे तक अब वहाँ प्रवेश नहीं मिलेगा—यह मुश्किल मन में आ रही थी। सुरुचि की दृष्टि से यह मुश्किल उसे कैसे और किन शब्दों में बताऊँ, यह तय नहीं कर पा रहा था। बत्ती जलाऊँ कि नहीं, यह भी तय नहीं कर पा रहा था पर बिना जलाये भी चलने वाला नहीं था। उसे असुरक्षा का एहसास होता। इकलौती एक खिड़की बन्द कर ली। अपना बिस्तरा लगाया। मतलब उसके लिए। आज वह उस पर सोने वाली थी। वैसे वह कभी ढंग से बिछाया हुआ नहीं रहता था। एक लात मारी कि ठीक से बिछ गया। उल्टी लात मारी कि सिमट गया। आज उसे ज़रा ढंग से बिछाया। उस पर इस्तरी की हुई चादर बिछायी। उस पर मैं सोने वाला नहीं था। वह सोने वाली थी। उसके लिये तकिये के पास ताँबे के लोटे में पानी रखा। यह लोटा मेरे दादाजी की शादी में मेरे चचेरे दादाजी ने दिया था। उस पर लिखा था—रा. रा. बण्डू उर्फ़ गणेश राजाराम विद्वांस को ब्याह के लिए, रा. रा. शंकर सखाराम विद्वांस द्वारा शके फलाँ-फलाँ सन फलाँ महीना फलाँ तारीख फलाँ।

मेरी नानी ने मेरी माँ के लिए जो लिहाफ़ तैयार किया था और जिसे मैं ओढ़ने के लिए लेता था वह पैरों के पास रख दिया।

मेरा क्या? मूल बिस्तर से अच्छा-ख़ासा पाँच फुट का अन्तर रखकर मैंने अपने लिये स्पेअर चादर बिछायी। पुराने और ताज़े अख़बारों का तकिया बनाया। इस सारे काम-धाम को देखती हुई वह इकलौती कुर्सी में सकुचा कर बैठी हुई थी, हाथ बदन से चिपकाए हुए।

मैं भूला नहीं था कि मुझे उससे उसके बारे में पूछना है, पर उसके बाद की तैयारी पहले से कर रहा था। फिर बात छेड़ी—

"सवेरे पौ फटने से पहले ही जाना पड़ेगा।"

टॉयलेट ऊपर है और वह रात को इस्तेमाल नहीं हो सकता, यह बात बताऊँ या नहीं—सवाल पसन्द का था—कौन-सी भाषा में बताऊँ, यह भी तय नहीं हो रहा था। सोचा, वक़्त आने पर बता दूँगा। अभी नहीं। अब उसका पूर्व चरित्र। उसके बारे में पूछना। मैंने शुरुआत की। चाय बना कर उसके सामने रखते हुए पूछा, "संगमनेर में तुम्हारा कौन-कौन है?"

सवाल पूछने की ही देरी थी कि आँसुओं की वर्षा फिर से शुरू हुई। वह रोने लगी। मुँह पल्लू में छिपा लिया।

मैं चुप देखता रहा। भले मन कितना ही छटपटाए...पर मैंने कुछ भी न करना ही बेहतर समझा। मैं इन्तज़ार कर रहा था कि उसका रोना रुके तो बात शुरू करूँ।

वो रुक गया।

"बम्बई कैसे आयी?"

फिर वही। सवाल अभी पूरा भी नहीं हुआ था कि नये सिरे से रोना। इस बार पहले से भी ज़ोरदार।

उसके रुकने की राह देखते वक़्त सब कुछ बेकार-सा जान पड़ा। सोचा, एकबारगी मेरे सवालों का जवाब मिल भी जाये तो क्या फ़र्क़ पड़ने वाला है? पता नहीं, वह सच भी होंगे या नहीं? और अगर हुए भी तो क्या होने वाला था? रातभर का तो सवाल था।

सवेरे तो जायेगी ही।

मैंने पूछना ही छोड़ दिया। उसका रोना ख़त्म होने पर मैंने कहा, "अब सोते हैं।" मुझे नींद आ रही थी।

वह उठी। मेरे बिस्तर की ओर गयी। कम-से-कम नाम के लिए तो उसे पूछना चाहिये था कि कहाँ सोऊँ? मैं कमरे का मालिक था। वह मेहमान थी। रातभर की। उसका बेझिझक मेरे बिस्तर पर जाना मुझे अखरा।

पाँच फुट दूर बिछी चादर पर मैं जैसे ही लेटा, उसने सवाल किया, "टॉयलेट कहाँ है?"

वक़्त आ गया था। अब जवाब देना ज़रूरी था। हमें बचपन से यह सीख मिली थी कि यह ऐसा विषय है जिसके बारे में पुरुष को औरत से बात नहीं करनी चाहिये और आज वही संकट आ खड़ा हुआ था।

धीरज के साथ मैंने, जो है, वह बता दिया। उसे जाना था। जाना तो सम्भव नहीं था। वे आऊट?

रास्ता कैसे निकलेगा?

ज़रूरत ही आविष्कार की जननी है—पढ़ा था। और उसके चेहरा देख कर पता चल रहा था कि वह उसकी केवल ज़रूरत ही नहीं, बल्कि तकलीफ़ बन चुकी थी। मुझे उपाय सूझा। कमरे के साथ लगी मोरी। उसमें तरीके का टॉयलेट नहीं था पर पानी बाहर जा सकता था।

मैं जहाँ था, वहीं पर दिया बुझा कर पीठ कर के बैठ गया।

"हो गया," कुछ देर के बाद अँधेरे से शब्द निकले।

मैंने दिया जलाया। उसके चेहरे पर राहत भरी खुशी थी। तृप्त चेहरे से वह बिस्तर की ओर बढ़ी और लेट गयी।

"गुड नाइट।" मैंने विदा लेते हुए कहा और रात भर दिया जला कर रखने का अपना प्लान भूलकर बत्ती बुझा दी।

अँधेरे में जल्द ही उसके मन्द-मन्द खर्राटे सुनायी पड़ने लगे और मैंने आँखें मूँदीं।

सवेरे उठ कर देखा तो मेरे बदन पर नानी का वह लिहाफ़ था। पास ही किसी की साँसें सुनायी दे रही थीं। बन्द खिड़की से झाँकने वाली हल्की रोशनी में देखा तो वह थी। नींद में थी जैसे। आँखें मुँदी हुईं। अब नज़दीक से वह रात से भी ज़्यादा लुभावनी नजर आ रही थी। लुभावनी यानी सुन्दर ही।

उसको इस तरह से निहारते-निहारते मैं कब उसकी गोद में चला गया, मुझे पता ही नहीं चला। सवेरे उठ कर जाने के लिए कहना तो रह ही गया।

मैंने उसे अपनी बाहों में लिये रखा। वह भी रह गयी। मठी को उसने घर बनाया। उस घर को घरेलूपन दिया, रूप दिया। यह सब पचास साल पुरानी बंगाली फ़िल्म जैसा लग रहा होगा, पर ऐसा ही हुआ।

घर की गर्माहट महसूस करते वक़्त हमारे रिश्तों में कब काँटे चुभने लगे, पता ही नहीं चला। पर वह अपना विषय नहीं। मैंने तो बात करते-करते विषयांतर किया था और बहते-बहते यहाँ तक आ पहुँचा था।

मैं तो फ़िल्मी दुनिया में मिली मसाज शिक्षा के बारे में बता रहा था।

15

हमारे डायरेक्टर की मज़बूत चर्बी से भरपूर देह पर और बाहर पत्थर सरीखे, पर, अन्दर से उपजाऊ सिर पर मेरा हाथ अच्छा जम गया था पर बाकी अनुभव करीब-करीब न के बराबर। डायरेक्टर के लिए मसाज यानि बदन या बदन के

ख़ास हिस्से को या सिर को मन लगा कर रगड़ना। उतना ही मिल जाये तो डायरेक्टर मुझ पर ऐसे .खुश हो जाते जैसे कोई जच्चा दाई से .खुश हो जाये। कभी जब बहुत ही .खुश होते तो चूम भी लेते थे। अब यह बात और है कि उन चुम्मों से एक अलग किस्म की गन्ध आती थी जिससे मेरे भीतर उबकाई उठती थी।

सेट पर जो भी मिल जाये, डायरेक्टर मेरी मसाज के बारे में उससे अपनी उत्तर भारतीय शैली में मुँह फाड़ कर मेरी तारीफ़ करते। मसाज का उस्ताद, मसाज का जादूगर, देश का महान मसाजिस्ट, ऐसा दूसरा होगा नहीं वग़ैरह वग़ैरह। अपनी उत्तर भारतीय शैली में यह सब कह कर मुझे शर्मिन्दा कर देते थे। मेरे अभिनय कौशल के वे कायल बनें इसीलिए दस साल तक तपस्या करता रहा और उसका नतीजा फ़कत मेरी मसाज की तारीफ़ करने में हुआ। अभिनय जाने दीजिये, मैं चौथे से दूसरा असिस्टेंट बना। उस ज़माने में उनकी ग़ैरहाज़िरी में मैं स्टूडियो में क्या नहीं करता था? महत्त्वपूर्ण शॉट्स भी लेता था पर उसका कभी ज़िक्र भी नहीं होता था। क़ाबिल-ए-तारीफ़ एक ही बात थी—आनन्द की मसाज। पूछिये मत! मसाज में आनन्द का जवाब नहीं, बस्स!

इस तरह से मेरा मसाज-कौशल स्टूडियो में और बाहर भी फैल रहा था। मसाज भले ही मैंने सही ढंग से सीखा न था पर गाँधीजी के सच के प्रयोगों की तरह मेरे भी मसाज के प्रयोग चलते रहते थे। लगता था, कभी-न-कभी इसके परिणाम भुगतने पड़ेंगे। उससे पहले सिनेमा कम्पनी में घटित एक किस्सा सुनाता हूँ।

उस समय फ़िल्मी-दुनिया में स्टण्ट मास्टर नाम की संस्था नहीं थी। उनके आगमन का काल अभी दूर था। पर अण्णा उर्फ़ व्ही. शान्ताराम नामक अन्तर्राष्ट्रीय स्तर पर मशहूर महान निर्देशक ने नृत्य का जो बेढंगा तरीक़ा अपनी फ़िल्मों के ज़रिये प्रचलित किया था उसे हमारी नायिका को सिखाने के लिए उसी ताक़त और प्रकृति के एक नृत्य-निर्देशक उस समय हमारी कम्पनी में आ कर दाखिल हुए। उनका नाम था टी. शेषाद्री। गुरु शेषाद्री .खुद को उदयशंकर का शिष्य कहते थे। बार-बार वे हमें धमकी देते हुए कहते कि शंकर के अल्मोड़ा स्थित नृत्य शाला में उन्होंने नृत्य शिक्षा हासिल की है। लेकिन जिस तरह का नृत्य वह सिखाते थे उसे देख कर तो कम्पनी में सबको लगता था कि उन्होंने नृत्य किसी नृत्यशाला में नहीं, बल्कि कड़कलक्ष्मी का खेल करने वाले किसी गुरु से सीखा होगा। बाल उसी तरह के और चेहरे पर वह ही कड़क भाव-मुद्रा। आँखें ऐसी जैसे कुंकुम तिलक माथे पर नहीं, आँखों में ही लगाया हो। जब देखो, तब लाल। हीरोइन

को नाच कर के दिखाते वक़्त जब वह नाचने लगते थे तब हीरोइन काँपने लगती थी। हीरोइन ही नहीं, हमारी नृत्यशाला की दीवारें भी 1काँपने लगती थीं। पर प्रकृति से यह शेषाद्री बड़े बातूनी किस्म के और विनोदप्रिय सज्जन थे। अपनी दक्षिण भारतीय हिन्दी में वह अपने-आप पर ही फ़ब्तियाँ कसते और बड़े चाव से सबको सुनाते। जिस पहाड़ी शैली में वह नाचते, उसी पहाड़ी शैली में वे हँसते भी थे और किस्सा पूरा बताने से पहले ही उसके लिए लोट-पोट होने यानी अपने विशाल पेट को कँपाते हुए हँसने की उनकी आदत थी इसीलिए कम्पनी में एक भी आदमी ऐसा नहीं था जिसने उनका किस्सा पूरा सुना हो।

ऐसा हुआ कि नाच की शूटिंग चल रही थी और यह गुरु शेषाद्री हमारी हीरोइन को सेट पर नाच का एक बीच का ही हिस्सा करके दिखा रहे थे। फ़िल्मों में नाच टुकड़े-टुकड़े में शूट होता है– तभी बड़ा अजीब वाक़या हुआ। उनके नाचते वक़्त सेट का एक ऊपरी टुकड़ा टूट कर लटकने लगा। वह टुकड़ा हीरोइन के सिर पर गिरेगा, ऐसा सोच कर गुरु शेषाद्री ने उसे ज़ोर से अपनी तरफ खींचा। उसे इस तरह क्यो खींचा गया है—यह समझ में न आने की वजह से गुरुजी के विशाल पेट से टकराने पर हीरोइन ने तुरन्त उनको एक थप्पड़ रसीद किया पर उसी वक़्त गुरु शेषाद्री ने मुँह में ठुँसी तम्बाकू फेंकने के लिए अपना चेहरा नीचे झुकाया तो हीरोइन का हाथ पास वाले खम्भे से इतनी ज़ोर से टकराया कि दर्द से तिलमिला कर वह बेहोश हो गयी।

हो-हल्ला मच गया। डॉक्टर को बुलाने के लिए डायरेक्टर चिल्लाने लगे। कोई पानी लाने के लिए भागा तो कोई डॉक्टर को बुलाने के लिए।

मैं स्क्रिप्ट लिये हुए पास ही खड़ा था। एक तो जो हुआ, वह इतना हास्य जनक और अजीब था कि उसकी गम्भीरता अभी मेरे अन्दर घुसी नहीं थी। तिसपर सेट पर जो धाँधली मची थी उससे मैं भी हड़बड़ाया-सा था। उसी वक़्त 'डॉक्टर को बुलाओ' के लिए चिल्लाने वाले डायरेक्टर को मैं नज़र आ गया। मुझसे कहने लगे, "आनन्द, तू ज़रा देख बेटा, क्या हुआ है?"

मैं क्या देखता? बदन के अंग रगड़ने के सिवा मुझे आता भी क्या था? पर उस वक़्त मना कैसे करता? कहने वाला था पर क्या हुआ पता नहीं, मैं आगे बढ़ा। कैन्टीन से तब तक पानी, बर्फ़ और चाय आ चुकी थी। पानी मार के हीरोइन को होश में लाया। उसे चाय पिलायी तो वह थोड़ी तर्रायी। चोट खाये हाथ को देखने भी नहीं दे रही थी। मैं जैसे ही हाथ पकड़ने के लिए आगे बढ़ता, वह हाथ पीछे खींच लेती। डॉक्टर के आने में देर लग रही थी। डायरेक्टर चिन्ता

और तनाव में बाजू में खड़े थे। कुछ करना ज़रूरी था। हाथ नहीं लगाऊँगा, सिर्फ देखूँगा—कह कर पुचकारा तब जा कर मैं हीरोइन का चोट लगा हाथ सामने लाने में सफल हुआ। दूर से दिख रहा था कि उँगलियाँ सूज रही हैं और पंजा लाल हो रहा है। मैंने सोचा, फ्रेक्चर होगा तो पता चलना चाहिये। फट् से सामने का पंजा पकड़ा और इससे पहले कि पंजे की मालकिन को कुछ पता चले उसकी उँगलियाँ पकड़ीं और पकड़ कर खींचीं। वह ऐसे चिल्लायी जैसे किसी ने उसकी इज़्ज़त पर हमला किया हो या घर में आग लग गयी हो। डायरेक्टर, 'अरे साला तू क्या कर रहा है,' ऐसा कुछ कहते हुए हमारी ओर बढ़ा पर मेरा काम हो गया था। फ्रेक्चर नहीं था। पंजे को सिर्फ़ चोट लगी थीं। मैंने जैसे ही यह बात डायरेक्टर का बतायी वे इतना खुश हुए कि मत पूछिए क्योंकि उन्हें अगले कुछ दिन हीरोइन को ले कर शूटिंग करनी थी। फ्रेक्चर होता तो वह रद्द करनी पड़ती।

पर इस घटना का यहाँ तक का सुखद अन्त नियति को—यानी मेरी नियति को—मंजूर नहीं था। बाद में प्रॉपर हड्डियों के डॉक्टर पास जाने पर पता चला कि फ्रेक्चर था और मेरे उँगलियाँ खींचने से हीरोइन को सचमुच बहुत दर्द हुआ था या शायद मैंने वह अंग बिल्कुल उस तरह से खींचा था जैसे फ्रेक्चर होने पर नहीं खींचना चाहिये।

हड्डियों का डॉक्टर जब इस बात को ले कर मेरी खिंचाई कर रहा था और पास ही हमारी हीरोइन डायरेक्टर के साथ खड़ी थी तब उस सबसे गुज़रना मेरे लिये कितना मुश्किल होता अगर मेरे चेहरे पर यह मुस्कुराहट न होती?

16

तो इस तरह से मेरा हड्डी-ज्ञान दिन-महीनों के अनुभव से और प्रयोग कर-कर के बढ़ रहा था। पर इस ज्ञान की परीक्षा तो उस दिन हुई जब जिम में वह वाक़या हुआ।

हुआ यूँ कि जिम में आने वाले एक ग्राहक को पीठ की तकलीफ़ हो गयी। एक कसरत का बहाना हुआ। उसे करते वक़्त पीठ में ज़ोर से दर्द हुआ और पीठ जाम हो गयी। उसकी हलचल ही बन्द हो गयी। कहने को तो जिम के एक अपने फिजियोथेरेपिस्ट थे मगर वह ठीक उसी दिन किसी कॉन्फ्रेंस में हिस्सा लेने के लिए दिल्ली या कलकत्ता गये हुए थे। मैं साधारण रगड़ा मसाज का ज्ञानी

था। ऐसी इमरजेंसी का अनुभव तो मुझे ना के बराबर ही था और यह सज्जन इतनी तकलीफ़ में थे कि बैठी जगह से उठना भी उनके लिये सम्भव न था। घर या हॉस्पिटल जाना तो दूर की बात थी। थोड़ी भी हरक़त से चिल्ला उठते थे।

जिम में कसरत करने वाले सारे सदस्य इकट्ठा हो गये।

कुछ करना ज़रूरी था।

और मैं वहीं था।

मुझे ही कुछ करना था और अगर मैं कहता कि आता नहीं या जमेगा नहीं तो वह बदन में हाथ लगाने नहीं देता। वह तो डर ही जाता।

मैंने वही किया जो मैं स्कूल में पर्चा कठिन होने पर करता था। भगवान का नाम लिया और कहा, "किलपाडी"–ये उसका सरनेम था–किसी बैंक में अकाउण्टेण्ट था–"किलपाडी, हम पहले तुम्हारा शर्ट उतारेंगे, हाँ! मैं उतारता हूँ। आप सिर्फ हाथ ऊपर कीजिये। नहीं, मैं बिल्कुल धक्का नहीं लगाऊँगा, धीरे-से, एकदम धीरे-से उतारूँगा। हं...हं...हं...बस हो गया...दर्द हुआ? बहुत दर्द हुआ? अब नहीं होगा। हं...कीजिये, हाथ फिर से ऊपर कीजिये। जितना हो सके, उतना ही...और थोड़ा। थोऽड़ा और। हाँ। अरे वाह! अब लेट जाइये। पीठ के बल, पेट के बल। होगा नहीं? मैं हूँ ना। सब होगा। मुझे पकड़िए। हाँ...अब धीरे-से लेट जाइये। फिर से दर्द हुआ? वेरी सॉरी। अब नहीं दुखेगा।"

ऐसे करते हुए किलपाडी को मैंने पेट के बल लिटाया। जिम के दूसरे सदस्य उत्सुकता से पास खड़े देख रहे थे। असली संकट तो आगे था; क्योंकि थोड़ी-सी हरक़त करते वक़्त अचानक पीठ में असहनीय दर्द उठता है और पीठ जाम होती है तो इसका क्या मतलब है और ऐसे में क्या करना चाहिये, यह किसे पता था। मुझे तो बस थकी हुई पीठ को तेल से रगड़ कर उसे आराम दिलाना आता था। ज्यादा-से-ज्यादा लचकी कमर को सीधा करना। मुझे मालूम नहीं–यह कहना सम्भव नहीं था और चाह कर भी वहाँ से भाग नहीं सकता था। सामने किलपाडी पेट के बल लेटा था और इर्द-गिर्द जिम के सदस्य। इज़्ज़त का सवाल तो था ही पर उससे भी बढ़ कर था किलपाडी को आराम मिलने का। जिम का कसरत–मास्टर कम-मैनेजर की हैसियत से किलपाडी को घर पहुँचाने का ज़िम्मा मेरा ही था। इसे मैं टाल नहीं सकता था।

परीक्षा में जब कोई मुश्किल सवाल आता तो हनुमानजी का आह्वान करता था, वह ही आह्वान किया, "जय बजरंग बली! तूने की रावण की ऐसी तैसी, अब कर मेरा काम, तुझे तेल चढ़ाऊँगा, नारियल उतारूँगा।" और किलपाडी की पीठ से जूझना शुरू किया।

इतना पता चला था कि समस्या रीढ़ में है। हल्के हाथों से रीढ़ की हड्डियों का हिसाब करते हुए वह हिस्सा खोजा जहाँ से दर्द उठ रहा था। मैं हल्के हाथों से यह कर रहा था फिर भी किलपाडी बीच में ही चिल्ला उठता। कुछ ग़लत कर दिया, सोच कर मैं भी हड़बड़ा जाता। जैसे-तैसे जुटायी हिम्मत भी जवाब दे जाती। काफ़ी देर बाद पता चला कि मेरे हाथ लगने से जो दर्द उठ सकता है, उसकी केवल कल्पना करके ही किलपाडी चिल्ला रहा था। एक बार यह ध्यान में आया तो उसके कराहने को नज़रअन्दाज़ करके उसके दर्द देने वाले हिस्से पर मैंने ध्यान केन्द्रित किया। अब मेरे लिये किलपाडी केवल एक पीठ था... बाकी के किलपाडी को कुछ देर के लिए मैंने भुला दिया। उसे भुलाना ही बेहतर था। तो मैंने उस पीठरूपी किलपाडी पर ध्यान केन्द्रित किया और दर्द देने वाला हिस्सा निश्चित किया। उस पर बॉल प्वाइंट से मार्क बनाया। वैसे तो चॉक ढूँढ रहा था पर मिला नहीं। यह करते वक़्त मैं हल्के ही कहीं-कहीं उँगली दबा कर पूछ रहा था, "यहाँ? यहाँ?" मेरे उँगली रखने पर न चिल्लाने वाला किलपाडी मेरे पूछने पर चिल्ला रहा था। यानी मुझे निराश नहीं करने के लिए चिल्ला रहा था।

एक बार दर्द कहाँ हो रहा है, यह पता चलने पर फिर इलाज भी करना पड़ेगा। देखने वाले अब बड़ी उम्मीद से मुझे देख रहे थे। यानी मेरा वाटरलू। इधर इलाज किसे पता था? और मेरी रगड़ा पद्धति से पीठ गूँथने से काम चलने वाला नहीं था। उल्टे उससे और नुक़सान ही होता।

डर के मारे पेट में कैसा-कैसा हो रहा था और बढ़ता ही जा रहा था।

रुकने का समय नहीं था और रुक कर भी कोई फ़ायदा नहीं था। मेरे लिये कोई विट्ठल थोड़े ही प्रकट हो कर मदद करने वाला था?

मैंने आस्तीनें सँवारीं। आई बाबा का (साई बाबा का नहीं।) नाम लिया और मार्क किये हुए हिस्से पर हल्के-से--इतने हल्के कि किलपाडी को महसूस भी न हो--उँगलियाँ घुमाने लगा। ऐसे कुछ देर घुमाता रहा और किलपाडी चिल्लाया नहीं तो कुछ हिम्मत बढ़ी। डर चला गया। अब उँगलियों से धीरे-से दबाना शुरू किया। किलपाडी को कम-से-कम उतनी देर को तो आराम महसूस हो रहा था। वह अब शान्ति से लेटा था। 'बहुत खूब! बहुत अच्छे!' मैंने मन में कहा। और थोड़ा निडर बन गया। उँगलियाँ घुमाते वक़्त दबाव बढ़ाया। ठीक एक जगह पर रुक कर दबाव देते हुए रुक गया। किलपाडी की कोई शिकायत नहीं आ रही थी। उसके मन से शायद डर चला गया था। दर्द भी कम हुआ होगा या शायद

दर्द हो ही नहीं रहा था। ऐसे लग रहा था जैसे वह सुख से लेट कर मेरे मसाज का सुख अनुभव कर रहा हो। सोचा, पता नहीं कैसे, पर जम रहा है।

अब आगे किस्से को बढ़ाता नहीं, पर जिम के जो मेम्बर्स यह सब देख रहे थे, एक-एक करके चले गये। किलपाडी को मैंने कुछ देर के बाद उठा कर धीरे-से चला कर टैक्सी से घर छोड़ दिया। उसे दर्द तो हो ही रहा होगा पर पहले जितना नहीं था। नहीं तो वह उठ कर चल नहीं पाता था। घर की सीढ़ियाँ भी चींटी की चाल से लेकिन उसने ख़ुद चढ़ीं।

उस रात को मैंने भगवान का शुक्रिया अदा किया। जिसका ज्ञान नहीं था, वह मैंने किया था और उसमें सफल भी हुआ था। कैसे, पता नहीं।

कुछ ही घण्टों में किलपाडी की पीठ फिर से जाम हुई और वह रात भर दर्द से तड़पता रहा। सवेरे तबियत पूछने गया तो पता चला। सौभाग्य से मैंने पिछले दिन उसकी पीठ पर जो प्रयोग किया था उसे उसने घर पर करने के लिए नहीं कहा।

अब, इसमें मुझे मेरी सम्भावित ग़लती का फल भोगने का समय नहीं आया। हड्डियों के डॉक्टर की मदद से किलपाडी ठीक हुआ पर मेरे अपराधी मन ने मुझे आसानी से नहीं छोड़ा। किलपाडी से मिलने के लिए मैं लगातार उसके घर जाता रहा। बाद में उसकी पीठ का ऑपरेशन करना पड़ा।

इसमें यह सच है कि मैं सीख रहा था। दुकान से एक शरीर शास्त्र की किताब ख़रीद लाया और इन्सान की पीठ की रचना का अध्ययन किया। वह ध्यान में आते ही मसाज करने लगा।

17

तो जिम छूटा और फिर से फ़िल्मी दुनिया में जाने की इच्छा नहीं थी। अब तो बस मसाज के हुनर पर ही सारा दारोमदार था।

अब तो संसार भी था। किसका, मत पूछिये। घर-गृहस्थी वाला होने से शराफ़त से जीने की ताक़त आ गयी। घर चलाना था। घर अब दो जनों का था पर ज़रूरतें एक इन्सान के घर से दुगुनी नहीं, बल्कि ज़्यादा थीं। काग़ज़ के गणित जितना इन्सान का गणित सीधा नहीं होता।

मेरा बचत खाता तेज़ी से ख़ाली होने लगा।

आनन्द जोशी

मसाजिस्ट

थोड़े बड़े आकार की यह तख़्ती बनवा कर लाया और घर से बाहर, रास्ते से नज़र आये—इस तरह से लटका दी। इस तख़्ती के अनुसार मैंने जिम को राम-राम करके—असल में जिम ने मुझे राम-राम किया था—मसाज की दुकान अपने घर पर ही शुरू की। अन्दर का कमरा घर। बाहर का दुकान या ऑफिस। इस बीच घर-गृहस्थी बसा ली थी, सो तो मैंने पहले की बता दिया है। याद है ना? या भूल गये? भूलिये मत जनाब। जो बातें मुझे भूलनी चाहिये उन्हें आप भूलने लगेंगे तो कैसे चलेगा? तो, तख़्ती लगायी और पहला ग्राहक कौन होगा? हमारा मकान मालिक।

कहने लगे, तख़्ती उतारो या जगह छोड़ दो। धंधा करने की इजाज़त आपने पहले ली नहीं थी। हमारी जगह रेज़िडेन्शियल है।

समझाने की कोशिश की। कहा, इस धंधे में कोई मज़दूर या मशीनें लगने वाली नहीं हैं। मेरा काम हाथ का है। वह ज़्यादातर बाहर जा कर ही करना पड़ता है। सिर्फ तख़्ती का सवाल है तो आपको क्या दिक्कत है?

पर उनकी एक ही रट, जगह ली तब दो आदमी रहेंगे, बताया था?

यानी उनको उनकी जगह में दो लोगों के रहने से तकलीफ़ हो रही थी।

मैंने कहा, "अब जगह लेते वक़्त मुझे थोड़े ही पता था कि मैं बहुत जल्द ही शादी करने वाला हूँ? शादी वग़ैरह तो नसीबों का खेल है। उसका कोई नोटिस नहीं मिलता।"

वे न हिले, "लेकिन मैं आपको एक महीने का नोटिस दे रहा हूँ। जगह ख़ाली करो।"

मूलतः पूना का था। एक बार सोचा कि कह दूँ, नहीं खाली करता। जो बन पड़े, कर लीजिये। कोर्ट में चले जाइये।

लेकिन मूलतः कहीं का भी रहूँ, अब मैं अकेला नहीं था। इस तरह बेफ़िक्री से काम चलने वाला नहीं था। फ़िल्मों में जो साल गुज़ारे थे उन्होंने सहने की कला सिखायी थी और साथ में, चेहरे पर यह मुस्कुराहट थी। न कहने पर भी वह रहने वाले थी। मकान मालिक के सामने कुछ नहीं कहा। 'ठीक है' कह कर बात ख़त्म की। पर एक योजना बनायी। सत्यनारायण। घर में सत्यनारायण की पूजा करने की। शान्ता ने पूछा, "किसलिए?" किसलिए क्या, मेरा सिर। मालिक को पटाने की साज़िश का वह एक हिस्सा था।

सत्यनारायण की पूजा की। बिल्डिंग के अन्य लोगों के साथ-साथ मालिक को भी बुलाया। वे आये, पत्नी सहित। पत्नी की पहचान नहीं थी, वह करा दी।

दोनों ने जैसे पूजा की उसी तरह से दोनों के पैर छुए। किसके क्या पूछ रहे हैं? मालिक-मालकिन के। मालकिन ने जी भर कर आशीर्वाद दिये। मालिक को भी मम कहना पड़ा। कुछ दिनों के लिए सही, पर संकट टल गया था। शान्ता ने लगे हाथ मौक़े का फ़ायदा उठा कर हमारे ख़र्चे से बाथरूम में टॉयलेट बनाने की इजाज़त भी मालिक से हथिया ली, बेशक मालकिन की गवाही से।

उस जगह मैं बाद में पूरे चार-पाँच साल रहा।

स्ट्रेटजी वही। मालिक घर खाली करने के लिए कहता तो एक पारिवारिक समारोह आयोजित करता और मालिक-मालकिन को आमन्त्रित करता। उनके आने पर दोनों के पैर छूते, आशीर्वाद लेते। शान्ता से घर-गृहस्थी की बातें करके मालकिन .ख़ुश हो जाती। मालिक को फिर समझाना आसान हो जाता।

चार साल उस जगह टिका रहा। तख़्ती भी रह गयी और मसाज के धंधे में मेरी ठीक-ठाक बरक़त हो रही थी। अब सोचता हूँ, चार साल मालिक को जो किया—अभी जो बताया वो—मसाज ही, पर अलग। यह मसाज शारीरिक नहीं था, बल्कि मालिक के अहम का था।

18

मैं अब पहले का रगड़ा मसाज करने वाला नहीं रह गया था। अब थोड़ा-बहुत ज्ञान हासिल कर लिया था। हाथ भी बैठ गया था पर दो माले चढ़ कर ग्राहक नहीं आ रहे थे। घर पर लगी तख़्ती तो यही बताती थी कि मैं मसाज करता हूँ, पर अच्छा करता हूँ यह कौन बतायेगा? फ़िल्मी दुनिया में था तब वहाँ कॉन्टेक्ट्स मिलते थे। जिम में था तब वहाँ की पहचान बाहर भी काम आती थी और काम का समय छोड़ दो तो मैं बिलकुल रास्ते पर रहने वालों जैसा ही था। इन्सानों से घिरा। कोई-न-कोई पूछता तो मैं बताता, बेहतरीन मसाज करता हूँ, कभी ज़रूरत पड़े तो बताइयेगा। बताते वक़्त हँसमुख। सस्ते में छपवाए छोटे चिपकने वाले काग़ज़ के विज़िटिंग कार्ड पास रहते थे। उसमें से एक निकाल कर तुरन्त उस इन्सान के बैग पर या किताब पर चिपका देता। कुछ नहीं हुआ तो उसकी जेब में खिसका देता।

अब फ़िल्म और जिम छूटने की वजह से झोल हो गया। काम मिलना मुश्किल हो गया। ऊपर से गले में संसार की माला पहन ली थी। वह भी चलाना था।

सोच रहा था क्या करूँ? फिर से कहीं नौकरी करने का दिल नहीं था। घर पर पैसे नहीं रहते तो शान्ता का मूड ख़राब होने लगा था और अब ऐसा बार-बार होने लगा था।

बहुत सोच-विचार कर के तय किया, घर पर फ़ोन लेने का। फ़ोन उस वक़्त वैसे परता खाने वाली चीज़ नहीं थी, पर सोचा, ज़रूरत है तो ले लेते हैं। फ़ोन से पुराने कॉण्टेक्ट्स नये सिरे से जोड़ना सम्भव होने वाला था।

नये ग्राहक को घर ढूँढ़ते हुए आने की ज़रूरत नहीं पड़ने वाली थी। दो मंज़िलें चढ़ कर हर वक़्त घर तक कौन आयेगा? फ़ोन आने पर सब कुछ आसान होने वाला था।

उस जमाने में फ़ोन का मिलना आपके चाहने पर निर्भर नहीं था। मोबाइल तो किसी की कल्पना में भी नहीं था। टेलिफ़ोन एक्सचेंज में पैसों समेत अर्ज़ी दी। वहाँ काम करने वाले एक यादव को पकड़ कर उसे सन्तुष्ट किया और फ़ोन का यन्त्र घर आ कर बैठ गया। उसे चालू करने के लिए दूसरे यादव को मानना पड़ा। पहले अस्थायी होगा, फिर स्थायी हो जायेगा—ऐसा उसने वचन दिया था। सोचा, अस्थायी ही सही, आ तो जाये।

फ़ोन चालू होते ही नया उत्साह भर आया। पुरानी पहचानें नयी करने लगा। अपने काम का इश्तहार मैं ही देने लगा। मिसाल के तौर पर, साल भर पहले जिम में कुछ महीने तक आने वाले सुधाकर करमरकर को उनका दिया कार्ड खोज निकाल कर मैंने फ़ोन किया। एक बार किया, दो बार किया। सात बार किया। नम्बर लग ही नहीं रहा था। ध्यान में आया कि कार्ड पुराना है, नया एक्सचेंज होने की वजह से नम्बर बदल गया होगा। नया नम्बर ढूँढा, घुमाया। लग गया। करमरकर लाइन पर।

मैं गुड मॉर्निंग करता हूँ। लेकिन उनकी वहाँ अब तक मॉर्निंग हुई ही नहीं इसीलिये गुस्सैल स्वर में पूछते हैं, "कौन है?" यह सोच कर कि हमारी बहुत पुरानी और गाढ़ी पहचान है, मैं अपना नाम बताता हूँ। उनको कहाँ से याद होगा? याद नहीं आता। वे रांग नम्बर कह देते हैं। उनके रिसीवर नीचे पटकने से पहले ही मैं पहचान देता हूँ, जिम की। "आप जिम में आते थे। तब आपको जॉगिंग की मशीन पर जिसने अभ्यास शुरू कराया था, उसकी याद है? गुड मॉर्निंग करता था आपको? याद है? याद होगा। वह मैं, आनन्द जोशी।"

उन्हें वह याद आया या नहीं, यह समझने का कोई रास्ता नहीं था पर मैं रुकना नहीं। आगे पूछ लेता हूँ, "अब सेहत कैसी रहती है साहब? अच्छी

ही होगी, मैं मसाज करता हूँ। कभी काम होगा तो बताइयेगा। फ़ोन–हूँ हूँ हूँ हूँ हूँ हूँ हूँ हूँ। चाहें तो लिख लीजियेगा। फ़ोन नम्बर हूँ हूँ हूँ...नमस्कार।'' ठप्प।

या फिर पुरानी पहचान निकाल कर किसी को फ़ोन किया। फ़ोन लगा, सामने वाले ने पहचान भी लिया। मिलना होता नहीं, मुम्बई दिन-ब-दिन कैसा बेकार शहर बनता जा रहा है वग़ैरह इसी तरह की बातें छिड़ीं। बात करने वाले को मैं थोड़ी देर बात करने देता था और बीच में ही कहता, ''और कुछ भी कहिये, पर मसाज की वजह से बहुत आराम मिलता है।'' सुनने वाला चौंक जाता। मैं यह क्या बीच में ही बोल उठा? मैंने ही ऐसा कहा है कि या उसने ग़लत सुना है? ''क्या कहा? किससे क्या मिलता है?''...सामने वाले को इस तरह से चौंका कर फिर मैं कहता, ''क्या है कि बातों-बातों में भूल ही गया था कि मैंने फ़ोन किसलिए किया था। मैंने यह बताने के लिए फ़ोन किया था कि मैंने हाल ही में एक नया काम शुरू किया है, मसाज करने का। वैसे पुराना ही है, मैं करता भी था, याद होगा। अभी सिर्फ़ तरीके से कर रहा हूँ, बस। कभी ज़रूरत पड़े तो बेझिझक फ़ोन कीजियेगा। हूँ हूँ हूँ हूँ हूँ हूँ...हूँ। नम्बर लिख लीजिये।''

कई बार इससे आगे कोई बात नहीं बनती थी। पर कभी-कभी बन भी जाती।

इसी में से कई बार चुटकुले भी बन जाते थे। मिसाल के तौर पर, हाथ में आया एक नम्बर घुमाने के लिए रिसीवर उठाता हूँ तो फ़ोन पर पहले से ही एक चर्चा चल रही है। कोई दो जने बहस कर रहे हैं कि अपनी यानी भारत की टीम में एक दिवसीय खेल का टेम्परामेंट नहीं है। अब इसमें बहस करने लायक क्या था, आप ही बताइये। फ़ोन पर बहस करने लायक तो कुछ भी नहीं। कुछ देर इस बेकार की बहस की लुत्फ़ उठाते हुए मैं रिसीवर कान को लगा कर बैठता हूँ। फिर मौका देख कर मेरा इन्टरवेन्शन–

''वो कुछ भी होने दो पर आजकल मसाज के नये-नये तरीक़े अपने यहाँ तैयार हो रहे हैं।''

वहाँ से बौखलाया-सा सवाल–''क्या? कौन से तरीक़े?'' दोनों समझ रहे हैं कि दोनों से ही कोई बोला है। मैंने फिर से कहा, ''मसाज। दिन-रात सेवा। फ़ोन–हूँ हूँ हूँ हूँ हूँ हूँ हूँ। सिक्स थ्री फोर जो भी हो। लिख कर रखिए। सिक्स थ्री फोर हूँ हूँ हूँ हूँ।''

अब बोलने वालों का पता चलता है कि यह तीसरी आवाज़ है। दोनों एक ही बार में मुझ पर धावा बोल देते हैं, ''पहले रिसीवर नीचे रखिए। रिसीवर रखते हो या नहीं? शरम नहीं आती...?'' एट्सेट्रा-एट्सेट्रा।

मैं और दो बार मेरा फ़ोन नम्बर बताने के बाद ही रिसीवर रखता हूँ।

अब, बिना पूछे किसी को अपना फ़ोन नम्बर दो बार क्या, दो सौ बार भी सुना दो तो वह क्यों याद रखने लगा? करेगा क्या? पर नहीं। टीवी पर रोज़ हमसे बिना पूछे ही हमें कौन-कौन से फ़ोन नम्बर बार-बार (याद है—चार छः शून्य दो शून्य शून्य शून्य...वग़ैरह) बताए जाते हैं, वह क्या यूँ ही बताते होंगे? उसमें से एकाध फ़ोन नम्बर उस वक़्त हममें से किसी की शायद ज़रूरत भी हो सकता है। तो फ़ोन नम्बर देते रहना चाहिये।

इसका अनुभव मुझे जल्द ही मिल गया। रिसीवर रख कर कुछ पन्द्रह-बीस मिनट बीते होंगे कि फ़ोन बजा। उठाया तो गालियों की बौछार।

फ़ोन के उस पार कौन था—बताने की ज़रूरत है?

तो यह थी एक झलक! फ़ोन से मैंने मेरे नये धन्धे को, वह क्या कहते हैं उसको—प्रचार-अभियान—शुरू किया।

और उसका परिणाम नज़र आने लगा। धंधा बढ़ गया। काम के सिलसिले में दिन का मेरा ज़्यादातर समय बाहर ही बीतने लगा। घर की बढ़ती आर्थिक ज़रूरतें पूरी होने लगीं। शान्ता के बर्ताव में फिर से मिठास आ गई। इसी दौरान एक एक्सीडेंट हुआ।

19

सभी एक्सीडेंट बुरे नहीं होते। एकाध फ़ायदेमन्द भी होता है। वैसा ही हुआ।

एक बार सेठ जी को उनके बंगले पर मसाज कर रहा था। सेठजी आखिर सेठजी ही थे। पूरी ज़िन्दगी में कभी कमरतोड़ मेहनत नहीं की थी। कसरत तो बहुत दूर की बात। रंग रक्तिम गोरा। बदन पर बाल नहीं। सिर्फ़ लँगोट लगा कर सेठ जी नंग-धड़ंग मेरे सामने फैले हुए थे। होता यूँ था कि मसाज करते-करते मेरे लिये सामने वाले का अस्तित्व ग़ायब हो जाता है और उसके शरीर का सिर्फ़ वह हिस्सा याद रहता था जिसे मैं मसाज कर रहा हूँ। आँखें खुली रहने के बावजूद बन्द रहती थीं और हाथों में आँखें फूट आती थीं। हाथों से मैं वह हिस्सा देखता था और मन से कुछ और सोचते हुए मसाज करता था। वैसे ही हो रहा था और मुझे सेठ जी के सीने की जगह...दूसरी...छाती नज़र आने लगी। मैं अपना

काम कर रहा था। बीच में ही सेठ जी की सुख भरी चीत्कार सुनायी पड़ रही थी। सेठ जी की आवाज़ भी नर्म। तो वहम को सच होने में कितनी देर लगती है? मैं रम गया। उँगलियाँ बहुत ही मुलायम बन गयीं। ऐसे लग रहा था जैसे कोई स्वर्गीय सुर सुनायी पड़ रहे हैं। बह्मनन्दी रममाण हो गया। उँगलियों के नीचे दब रही नर्म त्वचा मेरे स्पर्श से पुलकित हो रही थी, नाच रही थी। बीच में ही सुखभरी चीत्कार सुनायी पड़ रही थी। उँगलियों से फेंट रहा था।

रुक गया तब सेठजी की समाधि भंग हो गयी, "बस्स? एटलाच?"

तब होश आया कि क्या हो रहा था। मैं शरमा गया।

सेठ जी ने उस दिन ज़्यादा पैसे दिये। "आते रहना। अगली बार ज़्यादा समय देना पड़ेगा, हाँ।" प्रेमिका के व्याकुल स्वरों में उन्होंने कहा।

बाहर निकला, तब नया आविष्कार पता चला था—लाइट मसाज।

रगड़ना नहीं, उँगलियों से बदन फेंटना।

पता नहीं इससे दर्द देने वाले अंग ठीक होते हैं या नहीं; पर ग्राहक को इस मसाज की आदत पड़ जाती थी। एक अद्‌भुत आनन्द की अनुभूति पा कर ग्राहक सेठ जी की तरह ख़ुश हो जाता था। इतना ही नहीं, यह भी बताता था कि दर्द देने वाला हिस्सा ठीक हो गया है।

ये पता चलते ही व्यावसायिक सफलता अब दूर नहीं थी। जितना कर सकता, उतना काम मिलने लगा। मेरा ग्राहक दूसरे किसी के पास जाने के लिये राज़ी नहीं होता था। बढ़ायी फ़ीस बिना किसी झिकझिक के मिलने लगी।

मैंने कीमती विज़िटिंग कार्ड छपवाए। बस से जाना छोड़ दिया और नयी हीरो होण्डा ख़रीदी। कपड़े सिनेमा के हीरो-हीरोइन के दर्ज़ी के पास सिलाने लगा। यह शान्ता की जिद थी!

कामयाब इन्सान को यह सब करना चाहिये, ऐसा उसका कहना था। घर प्रेज़ेंटेबल दिखने के लिए कुर्सियों की जगह सोफ़े आ गये। घर में फ्रिज़ आया। एअर कण्डीशनर की माँग घर से होने लगी। शान्ता ने पहले की ब्यूटी पार्लर बदल कर और महँगा वाला पार्लर ढूँढ निकाला। वहाँ सिनेमा की हीरोइनें आती थीं। उसके हिसाब से यह सब मेरे व्यवसाय के लिये आवश्यक था।

उसमें हो रहीं तब्दीलियाँ मुझे खटक रही थीं पर मुझमें भी बदलाव हो रहा था इसीलिये मन में कोई ख़याल टिक नहीं पाता था। दिन कैसे जाते थे, पता ही नहीं चलता था।

20

एक दिन एक यूनिफ़ॉर्म वग़ैरह पहन कर एक शोफ़र यानी बड़े घर का ड्राइवर हमारा घर ढूँढ़ते हुए आया।

हम जहाँ रहते थे वह मध्यमवर्गीय बस्ती थी। वहाँ कड़क इस्त्री की यूनिफॉर्म में, बड़ी, चमकीली गाड़ी का शोफ़र मेरा पता पूछते हुए आता है—मतलब देखते-देखते मैं सबकी नज़रों में चर्चा का विषय बन गया।

एक उभरती अभिनेत्री सुप्रिया ने मेरा नाम और कीर्ति सुन कर मुझे बुलवा भेजा। बाद में पता चला उसके मेकअप मैन—पंढरी जुकर ने मेरे बारे में उसे बताया था।

बिल्डिंग के लोगों की तो छोड़ ही दो, ख़ुद मेरी पत्नी को अपनी आँखों पर विश्वास नहीं हो रहा था। तिसपर मैंने शोफ़र को जब कहा कि अभी समय नहीं, बाद में अपॉइंटमेंट दे कर आता हूँ, तो उसे सदमा ही पहुँचा।

"ये क्या कर रहे हैं, अभी ख़ाली हैं तो जाइये ना," वह नज़रों से कह रही थी।

शोफ़र के जाते ही उसने मुझे मेरी गुस्ताख़ी के लिए मुझे आड़े हाथों लिया। मैंने कहा, "बुलाते ही जाने से क़ीमत कम हो जाती है। लोगों को लगेगा कि मैं बिना काम के घर पर बैठा हूँ।"

उसने कहा, "पर फिर से बुलावा नहीं आया तो?"

मैंने कहा, "आयेगा।"

अपेक्षानुसार फ़ोन आया। मैंने समय दिया। बताते वक़्त जान-बूझ कर सवेरे दस बज कर बीस मिनट, ऐसा आड़ा-टेढ़ा समय बताया।

बड़प्पन के लक्षण बहुत पहले ही जान गया था। अब अपने-आपको कैसे बड़ा बनाया जाये, यह सीख रहा था।

गाड़ी आयी। अब तक सब जान चुके थे कि गाड़ी किसकी है। पूरी इमारत मुझे देखने के लिये इकट्ठा हुई थी।

गाड़ी से सुप्रिया के फ़्लैट पर पहुँचा। अपेक्षानुसार सबसे पहले जो आसामी सामने आया, वह था उसका सेक्रेटरी। इस जमात से मैं बहुत पहले से नाराज़ था। असिस्टेंट के तौर पर हीरोइनों की सेवा करते वक़्त इन लोगों के बहुत नख़रे मैंने सहे थे। "प्रियाजी व्यस्त हैं, बैठिये," ऐसा कहते ही मैं उस पर टूट पड़ा, "अगर वह बिज़ी है तो मैं भी बिज़ी हूँ। मैं अगली अपॉइटमेंट के लिए जा रहा हूँ," और निकला।

वह तुरन्त लाइन पर आ गया। लिफ़्ट से मेरे पीछे-पीछे भागता हुआ आया और मुझसे माफ़ी माँगी। ऊपर ले जा कर मुझे सीधे सुप्रिया के अन्तःपुर में ले जा कर छोड़ा।

उभरने के लिए हाथ-पैर मारने वाली हीरोइन के अन्तःपुर, कल-परसों आयी हीरोइन के अन्तःपुर और सफल हीरोइन के अन्तःपुर में फ़र्क़ होता है।

क्या है कि हाथ-पैर मारने वाली उर्फ़ स्ट्रगलिंग हीरोइन के अन्तःपुर का एक तरह से अस्थायी रूप होता है। बेड सिंगल होता है। फ़्लैट भी अस्थायी होता है, सामान में से बड़ा सामान किराये का होता है और उसका रख-रखाव भी वह ही करती है।

जो सफल हीरोइन है, उसका तो बंगला होता है। बंगला नहीं तो बंगले के साइज़ का बड़ा फ़्लैट होता है। उसमें इंटीरिअर डेकोरेटर द्वारा जुटाये गये बेकार और क़ीमती सामान का प्रदर्शनी रहती है। उसमें एक बहुत बड़ा बेड होता ही है। यक़ीन न हो तो ख़ुद जा कर देख आइये। अन्तःपुर में कदम रखते ही नज़र में भरने वाला यह महा बेड।

अभी-अभी जिसे सफलता ने छुआ है, यानी जिसकी पहली फ़िल्म कल-परसों ही हिट हुई है उसका अन्तःपुर कैसा होता है? काफ़ी हद तक हाथ-पैर मारने वाली हीरोइन के अन्तःपुर जैसा ही होता है; फ़र्क़ सिर्फ एक ही—इससे सफलता की ताज़ी-ताज़ी गन्ध आती है। माहौल में नवप्राप्त सफलता की मद्धिम ख़ुशबू रहती है यू नो दैट समवन हैज जस्ट अराइवड्। अराइवड् यानी, इतना हाथ-पैर मारने के बाद जा कर एक सार्थक पल हाथ आया है।

इतने दिन बेटा आते-आते छूट रहा था। अब एकदम मुट्ठी में आया है। यक़ीन नहीं कि टिकेगा। अगली फ़िल्म फ़्लॉप हुई तो हाथ लगा सार्थक पल बालू की तरह उँगलियों से सरक भी जा सकता है।

21

इस तरह से ख़ुद से ही बतियाता मैं वहाँ बैठा था कि कुछ पल बाद साधारण सुप्रिया जैसे चेहरे की, उसकी बहन या कोई नज़दीकी रिश्तेदार आयी और मुझे 'नमस्ते' कह कर मेरे सामने सोफ़े पर बैठ गयी।

अभी नहायी नहीं थी शायद। बाल जैसे-तैसे जल्दी से बाँधे हुए। बदन को एक गाउन में लपेटे थी। सुप्रिया के हिसाब से बहुत ही साधारण।

पुराना अनुभव था ही। हीरोइन के घर के उसके ऐसे रिश्तेदार ज़्यादातर बेकार होते हैं और मौक़ा मिलते ही आपको पकड़ कर सताना शुरू कर देते हैं।

उसका इस तरह से आना, मेरे सामने यूँ बेफ़िक्री से बैठना मुझे पसन्द नहीं आया। यह बात मैंने अपनी नज़र में कड़ापन ला कर जता दी और कुछ कहे बग़ैर यूँ ही छत की ओर ताकता रहा।

"गाड़ी समय से पहुँची न?" उसका सवाल था।

"क्या गाड़ी? हाँ, पहुँची।" मेरा दुत्कारभरा जवाब था।

ये कौन थी गाड़ी भेजने वाली? पर हीरोइन का बाप, माँ, बहन, भाई ही नहीं, चाचा-चाची तक इस तरह से बात करते हैं जैसे हीरोइन का सब कुछ उनका अपना ही हो। और एक-दो सवाल-जवाब होने तक मेरा सब्र ख़त्म हुआ। बेचैन हो कर मैंने पूछा, "सुप्रियाजी कहाँ हैं?"

"मैं ही सुप्रिया हूँ।"

"क्या!!!"

क़सम से कहता हूँ, मैं पागल हो गया। बिलकुल सच नहीं लग रहा था।

सामने बैठी साधारण चेहरे की, मेकअप के बग़ैर चेहरे की, बदन बेफ़िक्री से गाउन में लपेटी यह अपने दिखने के बारे में बिलकुल बेफ़िक्री स्त्री सुप्रिया?

पहली ही फ़िल्म से शोहरत की चोटियाँ चढ़ने वाली और आज के हर फ़िल्मी मैगज़ीन के कवर पर झलकने वाली नयी हीरोइन, वह है?

वो सामने बैठी मेरी प्रतिक्रिया जाँच रही थी। चेहरे पर बस इतनी हँसी थी कि मुझे बुरा न लगे।

"माफ़ कीजिए," मैं बेहद शर्मिन्दगी महसूस कर रहा था। "मैंने पहचाना नहीं।"

अब भी यक़ीन नहीं होता कि यह ही सुप्रिया है?

जिन दिनों मैं फ़िल्मों में था उस ज़माने में हीरोइन ऐसे रहती तो उसकी शामत ही आ जाती।

बिना वक़्त गँवाये उसने बात छेड़ी।

"हाल ही में मेरा अबॉर्शन हुआ। मतलब यह कि मैंने कराया। उसके बाद से कमर बहुत दर्द करती है। नाच वग़ैरह का शूटिंग करते वक़्त तकलीफ़ होती है। कभी-कभी ज़्यादा होती है। पेनकिलर से दर्द रुकता नहीं। कल सेट पर पंढरी दादा ने तुम्हारे बारे में बताया इसीलिए सन्देशा भिजवाया।"

उसकी बात सुनते वक़्त, मन-ही-मन में मेरा मुँह ऐसे खुला कि बन्द होना असम्भव था।

कोई स्त्री अपने गर्भपात के बारे में किसी पराये पुरुष को–फिर भले ही वह मसाज करने वाला क्यों न हो–पहली ही मुलाक़ात में बेझिझक बता देगी? हीरोइन तो इस बात को छिपायेगी।

उसने जो बताया, उसके बारे में उसके जितना बेझिझक बात करना मेरे लिये सम्भव नहीं था।

इतने में वह उठी और बेड की तरफ़ गयी। बेड पर पीठ ऊपर किये लेटी रही। मुझे इशारे से बुलाया। गाउन हटा कर मुझे दर्द करने वाला हिस्सा दिखाया।

"यहाँ।"

22

अचानक याद आयी। किसकी बताइये? हमारे डायरेक्टर की...हूँ...पत्नी की।

याद है?

वो भी उस रात ऐसे ही पेट के बल लेट कर मुझे कमर का दर्द देने वाला हिस्सा दिखा रही थी।

पर...वो कमर और यह कमर!

ये कमर। तो वह कमर।

कितना फ़र्क़!

मन में आया, जिस कमर को पर्दे पर देखने के लिए हिन्दी फ़िल्मों के दर्शक थियेटर में हाय-तौबा करते रहते हैं उस कमर को मैं इतनी क़रीब से, साक्षात देख रहा हूँ। उसे हाथ लगा सकता हूँ।

अपने यहाँ औरतें मूलतः–पुरुषों से मसाज नहीं कराती है। तिसपर कराना ही पड़ा तो बेहद शर्माएगी। दर्द कर रहे हिस्से पर कपड़ा डालने के बाद ही देखने देंगी। पर यहाँ तो मामला बड़ा खुला और सीधा था।

उसके दिखाये कमर के दर्द करने वाले हिस्सों को हाथ से हल्के तौर पर अन्दर तक दबा कर देखा। न चाहते हुए भी मुझमें रोमांच की एक लहर दौड़ गयी पर सामने वाली त्वचा ने मेरे स्पर्श पर कोई प्रतिक्रिया नहीं दिखायी। सुप्रिया ठण्डी थी।

"थोड़ा मसाज करके दिखाता हूँ। कैसा लगता है, देखिये। फिर बाद में बात करेंगे।"

ऐसा कह कर करीब पन्द्रह मिनट मैंने अपना हमेशा का लाइट मसाज दिया। पहले कहीं-कहीं देख रहा था, बाद में लेकिन...कमर ही देख रहा था।

मन में सोचा, कमर जैसी कमर है; पर नाचते वक़्त हिलती रहती है इसीलिए चर्बी का नामो-निशां न था।

मसाज चलते वक़्त सुप्रिया कोई आवाज किये बग़ैर लेटी थी। ख़त्म होते ही कह उठी, ''और कीजिये।''

मैं दिल-ही-दिल में खुश हुआ। अरे, जम गया गुरु!

और कुछ देर मसाज किया। ग्राहक को पूरा आराम मिलने से पहले उसको छटपटाता छोड़ कर मसाज रोक देने का मेरा ट्रिक था। रुक गया।

''और,'' उसने फिर से कहा।

और थोड़ा मसाज किया। थोड़ा यानी थोड़ा ही। फिर से रुक गया।

''और,'' उसने तीसरी बार कहा।

इससे ज़्यादा चाहिये तो डबल फ़ी देनी पड़ेगी, यह धन्धे की बात उसे सुनाना ठीक लगा नहीं।

''आज यहीं रुक जाते हैं। पहले ही दिन में ज़रूरत से ज़्यादा मसाज किया तो तकलीफ़ हो जाएगी,'' मैंने कहा।

''होने दो,'' वह उल्टे लेटे-लेटे ही बतिया रही थी।

''अब क्या?''

मैंने कहा, ''सॉरी, मेरा दूसरे क्लाइंट से अपॉइंटमेंट हैं। जाना होगा।''

मैं दूर हट कर खड़ा हो गया।

वो वैसे ही पेट के बल लेटी रही।

''मैं उसके हिस्से की फ़ी दे दूँगी,'' लेटे-लेटे बोली। ''हूँ। कीजिए।''

और मसाज करने के सिवा और कोई चारा नहीं था। दिया। थोड़ा जैसा-तैसा ही किया।

''ठीक से कीजिए,'' मेरी तरफ़ देखे बग़ैर कह उठी।

ये तो हुकुम ही चला रही थी।

मेरे अहम् को ठेस पहुँची।

''बस्स। आज इतना ही।'' मैंने भी ठान ली। रिवाज़ के मुताबिक हाथ धोने वॉश बेसिन की खोज में चला गया।

हाथ धो कर वापस आया तब तक वह उठ कर खड़ी हो गयी थी।

मुझे देख कर बोली, ''बताइये, फ़ी।''

मेरी बतायी हुई रक़म उसने सेक्रेटरी बुला कर मुझे दिलवायी।

मैं जाने के लिये निकला, पर फिर से कब आना है, कोई बात नहीं।

"नीचे गाड़ी तैयार है।" उसने कहा।

गुस्से में ही सीढ़ी उतरा।

क्या समझती है खुद को?

उसकी गाड़ी में नहीं बैठा। जान-बूझ कर टैक्सी ले कर घर लौटा। ख़ुद को यह यक़ीन जो दिलाना था कि मैं भी कोई ऐरा-ग़ैरा नत्थु-ख़ैरा नहीं हूँ।

घर पर शान्ता राह देख रही थी।

"कैसी थी?"

"क्या हुआ?"

वो सवाल करती रही। मैंने जैसे-तैसे जवाब दिये।

शान्ता का समाधान नहीं हुआ; पर उसने उस वक़्त के लिए मेरा पीछा छोड़ दिया।

दूसरे दिन मेकअपमैन पंढरी दादा का फ़ोन आया।

"अरे मधु, कल क्या हुआ?"

"किस बारे में?" जान कर अन्जान बनते हुए मैंने पूछा।

"सुप्रिया के वहाँ गया था न?" दादा बोले।

'हाँ।' मैंने कहा।

"वो कह रही थी, वह तुम्हारा मसाजिस्ट मेरी कमर पर बुलबुल तरंग बजा रहा था।"

23

"क्या? बुलबुल...?"

"ख़ुश है।" कह रही थी, "सारे पुरुषों को इनके पास ट्रेनिंग के लिए भेजना चाहिये। पर अब मेरे कमर में दर्द के लिए कोई अच्छा मसाजिस्ट बताइये।"

मैं चुप।

दादा हँस रहे थे।

मैंने फ़ोन नीचे रख दिया।

तो, यह भी एक अनुभव था।

सुप्रिया आगे स्टार बन गयी। कहीं पढ़ा कि उसकी फ़िल्मों का एक उत्सव पिछले महीने पेरिस में हुआ।

पर वह अब नहीं है।

नहीं मतलब, नहीं। पढ़ा होगा। शादी हुई। पहली डिलिवरी में कॉम्पलिकेशन्स हो कर ख़त्म हो गयी। अख़बार पढ़ कर ठीक से पता नहीं चला कि असल में क्या हुआ था? उसका बेटा अब कुछ चार-पाँच साल का होगा। बीच में फ़िल्मफेअर में तस्वीर छपी थी। उसके जैसा ही है। यानी मैंने उसे सामने जैसा देखा था, वैसा। याद आयी। कमर पर बुलबुल...

ऐसे ही एक बार रात के समय–ग्यारह बजे होंगे–फ़ोन आया। उठा कर सुनता हूँ तो विश्वास ही नहीं हुआ। दिल्ली के एक मन्त्री जी...जाने दीजिये, नाम में क्या है?...मुम्बई में थे। उनका सेक्रेटरी फ़ोन कर रहा था। (नकल उतारते हुए) "हाँ जी, आप जोशी जी क्या जी? मसाज करते हैं जी? मैं मन्त्रीजी का सेक्रेटरी बात कर रहा हूँ। मन्त्रीजी आपसे मसाज करवाना चाहते हैं जी। मैं आधे घण्टे में कार आपकी कोठी पर भेज देता हूँ, आप तुरन्त यहाँ आ जाइये।" खट्!

पहले लगा। कोई प्रैक्टिकल जोक कर रहा है या फ़ोन पर ग़लत सुना होगा? पर बोलने वाला रिसीवर में चिल्ला रहा था इसीलिए ग़लत सुनायी देने की सम्भावना ही नहीं थी। और मेरे साथ इस तरह से मसखरी करने वाला कोई याद नहीं आ रहा था।

सच मान लूँ तो मेरी फ़ीस क्या है, मेरी कोठी कहाँ है, मेरे पास समय है कि नहीं, मन्त्रीजी कहाँ उतरे हैं–कुछ नहीं। खट्!

चुनाव का मौसम था। प्रचार अभियान चल रहे थे। मन्त्रीजी पार्टी के प्रचार के लिये मुम्बई आये होंगे।

शान्ता से पहले कुछ नहीं कहा। अगर ग़लत निकला तो क्यों ख़ामख़्वाह लफ़ड़ा मोल लूँ?

रिसीवर नीचे रख दिया और कुछ मिनटों में दूसरा फ़ोन आया।

"आप जोशी जी क्या जी? कहाँ रहते हैं जी?"

लीजिए। यह पूछने की उन्हें अब सूझी।

"आपने बताया ही नहीं जी। ऐड्रेस बताइये।" रिसीवर में चिल्लाया। पता दिया।

अब विश्वास न करने का कोई कारण ही नहीं था।

शान्ता की उत्सुकता बढ़ती जा रही थी। उससे कहा, "लगता है फलाँ-फलाँ

मन्त्रजी को मसाज करना है। कार भेज रहे हैं। भेजेंगे तो जाना पड़ेगा।''

कहने को तो मैं जता रहा था जैसे मुझ पर हो रही सख़्ती की वजह से मैं नाराज़ हूँ, पर दिल्ली और मन्त्री सुन कर मन में लड्डू फूट रहे थे।

दिल्ली का केन्द्रीय मन्त्री मुझसे मसाज करवाना चाहता है और मेरे लिये गाड़ी भेज रहा है, यह कोई साधारण बात नहीं थी। पद्मभूषण मिलने जैसा ही था यह ।

•

ख़बर सुन कर शान्ता एकदम एक्साइट हो गयी। हीरोइन वग़ैरह ख़ास थे पर फिर भी कुछ हद तक इन्सानों की दुनिया से ही थे। पर दिल्ली का मन्त्री यानी जैसे बाहरी दुनिया का लगता था। तिस पर वह कार भेज रहा है यानी स्वर्ग का विमान आ रहा हो जैसे। शान्ता तो ऐसे पागल हो रही थी जैसे मुझे केन्द्रीय सरकार में मसाज विभाग का मन्त्री बनाया हो। ऐसे बेवक़्त यह ख़बर किसे सुनाऊँ किसे नहीं, वह समझ नहीं पा रही थी। आख़िरकार खिड़की से घर में घुसी बिल्ली को ही उसने बता दिया, ''बिल्लो रानी, सुना तूने? इन्हें दिल्ली के मन्त्री ने मसाज करने के लिए बुलाया है। ऐसे ही नहीं, कार भेज रहा है। अभी आती ही होगी।'' आती हुई कार नज़र आये, इसीलिये वह बिल्ली को ले कर मन्त्री की कार दिखाने बालकनी में जा कर खड़ी हो गयी। साढ़े ग्यारह बजे तक पहुँचने वाली कार रात को सवा बारह के आस-पास पहुँची। यह तो ज़्यादती ही थी। नहीं? तब तक राह देख कर शान्ता सो गयी थी। कार आयी। इतना ही नहीं, कार आने की इत्तिला देने के लिए सरकारी यूनिफ़ॉर्म में उसका सारथी दरवाजे तक आ गया। हड़बड़ा कर उठी शान्ता के हिसाब से, कुछ दिनों पहले आया सुप्रिया का वर्दीधारी सारथी रौब के हिसाब से सनी देओल था तो मन्त्री महोदय का सारथी अमज़द खान लग रहा था। मुझे सलाम कर के उसने ख़बर दे दी। ऐसा अलौकिक दृश्य देखने के लिए उस वक़्त मंज़िल का एक भी आदमी सामने नहीं था, यह देख कर शान्ता मायूस हो गयी। मायूस तो मैं भी हुआ। मन्त्री की लाल बत्ती वाली गाड़ी—वो भी राज्यमन्त्री की नहीं, केन्द्रीय सरकार में बहुत ही महत्त्वपूर्ण भूमिका निभाने वाले मन्त्री की—रोज़-रोज़ थोड़ी ही अपने दरवाज़े पर आती है? सम्भव होता तो शान्ता ने फ़ोटोग्राफ़र को बुला कर इस अविस्मरणीय पल का फ़ोटो उतरवा लिया होता, इसमें कोई शक नहीं।

उतने में ही शान्ता ने ख़ास समारोहों के लिए सम्भाल कर रखे जो कपड़े निकाल कर दिए, उन्हें पहन कर मैं निकला। शान्ता सीढ़ी तक पहुँचाने आयी। कह रही थी, ''अच्छा मसाज कीजिएगा हाँ! ऐसा मौका बार-बार नहीं आता।''

24

मन्त्रीजी को वैसे तो अख़बारों से और टीवी से पहचानता था। राजनीति में रुचि न होने के कारण कौन किस पार्टी का है, इससे मुझे कोई लेना-देना नहीं था। इतना मालूम था कि बहुत बड़ी आसामी है। दिन-रात लोगों के लिए काम किये जा रहा है, मतलब बड़ा ही है। तिसपर देशहित के बड़े-बड़े निर्णय लेता है। ठीक से याद नहीं, पर देश से अंग्रेज़ी को बाहर कर देना चाहिये, विश्वविद्यालयों को कॉलेज बन्द करके संस्कृत पाठशालाएँ खोलनी चाहिये, प्रोफ़ेसरों को भ्रष्ट विलायती पोशाक़ छोड़ कर पगड़ी और पटका पहनना चाहिये और पगड़ी से भी बाहर नज़र आये, इतनी लम्बी चोटी रखनी चाहिये, विद्यार्थियों की यूनिफ़ॉर्म में आधी चड्डी शामिल होनी चाहिये वग़ैरह यह निर्णय मूलभूत होने की वजह से विवादग्रस्त होते हैं, पर बहस तो अपने देश में किसी भी मुद्दे पर होती रहती है। सोचा, इतने परिश्रम से हासिल किये अपने कौशल का आज देश के लिए उपयोग हो रहा है।

कार मंज़िल पर पहुँची तब ध्यान में आया, मन्त्रीजी शहर के सरकारी पंचतारांकित होटल में रह रहे थे।

मुझे फ़ोन करने वाला सेक्रेटरी नीचे दरवाज़े पर मेरे लिये ही खड़ा था। मुझे लिफ़्ट की तरफ़ ले जाते हुए दिल्ली फ़ैशन के हिन्दी लहजे में बोला, "मन्त्रीजी आज रात को दिल्ली वापस जाने वाले थे पर सभा ख़त्म करके हवाई अड्डे पर पहुँचने में दो घण्टे देर हो गयी। हवाई जहाज़ रुका रहा तो पैसेंजर्स ने दंगा शुरू किया। उससे भी लेट किया होता तो हवाई अड्डे को ख़ामख़्वाह आग वग़ैरह लगा देते इसीलिए मन्त्रीजी अब कल सवेरे जायेंगे।"

मैंने सोचा, इसे कहते हैं देश की चिन्ता। अपने से इण्डियन एयरलाइन्स का हवाई जहाज़ बड़ा है, यह बात यह आदमी जानता है।

"वो तो समझा पर मन्त्रीजी की प्रॉब्लम क्या है? मसाज कहाँ और किसलिए करना है?" पता करने के लिए मैंने पूछा। सोचा, मन्त्रीजी का कोई स्नायु, सभा में कोई जोड़ ज़ख़्मी हुआ होगा इसीलिए मुझे अर्जेण्ट बुलावा भेजा होगा। तो वह क्या है, पता करने के लिए पूछा।

"प्रॉब्लम एक है क्या जी? इस देश में प्रॉब्लम ही प्रॉब्लम है, और अकेले मन्त्रीजी उनसे डील कर रहे हैं। लेकिन सच पूछोगे तो सही प्रॉब्लम बस एक है।"

नाट्यपूर्ण पोज़ ले कर मन्त्रीजी के सेक्रेटरी ने प्रॉब्लम सुनाया—

"काँग्रेस।"

मैं समझ गया कि यह मन्त्रीजी की शारीरिक प्रॉब्लम न हो कर, देश की राजकीय प्रॉब्लम है। मैं मन्त्रीजी की शारीरिक प्रॉब्लम जानना चाहता था, क्योंकि मुझे उस पर मसाज करना था। ध्यान में आया कि ऐसी कोई प्रॉब्लम है ही नहीं। सोने से पहले बदन दबवाना मन्त्रीजी की पुरानी आदत है।

सोचा, फिर तो कोई सवाल ही नहीं। अपने लाइट मसाज से मन्त्रीजी को जी भर कर आराम दूँगा। दिनभर चुनाव प्रचार में भाषण दे-दे कर थक गये होंगे, कुछ समय के लिए देश के प्रॉब्लम भुला कर रात को कम-से-कम शान्ति से तो सो पाएँगे। कल फिर दिल्ली पहुँचेंगे तो देश के कामों का पहाड़ है ही।

राम कसम, कैसे यह मन्त्रीगण रात-दिन फ़ाइलों का अभ्यास करके एक से बढ़ कर एक पेचीदे फैसले करते हैं और फिर उन फ़ैसलों को रद्द कर देते हैं, और फिर भी ज़रा नहीं थकते। उसी में फिर महत्त्वपूर्ण बैठकें, बातचीत, साज़िशें, सरकारें गिरना, सब आधी रात को; इतना सब करके चुनाव प्रचार में भाषण करने के लिए यह गाँव-गाँव में हाज़िर! इतना सब यह लोग कैसे कर पाते हैं, इसके बारे में मुझे हमेशा से अचरज लगता था।

आज सौभाग्य से, ऐसे ही एक मन्त्री से मेरा साक्षात्कार होने वाला था। सिर्फ दर्शन ही नहीं बल्कि उसे मैं अपने हाथों से मसाज करने वाला था। सेक्रेटरी के साथ लिफ़्ट से ऊपर जाते वक़्त मेरा मन इसी अहसास से गद्गद् हो रहा था।

लिफ़्ट से बाहर निकल कर सेक्रेटरी के पीछे से मन्त्रीजी के विशेष वी. आई. पी. कक्ष की तरफ़ बढ़ा।

25

रात के पौने एक बज रहे थे। मन्त्रीजी के अतिप्रशस्त कक्ष के प्रशस्त दर्शन दालान में रोशनी जगमगा रही थी जैसे कोई दरबार लगा हो, वैसे ही लोग ख़ास ऊँची पोशाक़ों में खचाखच बैठे थे।

बीचों-बीच एक आदमी, कमर में गेरुए रंग की लुंगी और खादी की बण्डी पहने बैठा नज़र आया। जब वह हाथ उठा कर बगल खुजाता, तब बग़ल के बालों का अनचाहा दर्शन बैठे हुए लोगों को मिल जाता।

सोचा, यह कौन फ़ालतू का आदमी है? सेक्रेटरी के बर्ताव से पता चला कि यह ही मन्त्रीजी हैं।

ज़िन्दगी में कभी मन्त्री ही नहीं देखा था तो ऐसे कैसे पहचानूँगा? अख़बारों की तस्वीरों में हमेशा यह लोग कैसे वज़नदार और तेजस्वी नज़र आते हैं।

आदत नहीं थी इसीलिए वहाँ के माहौल से बुझ कर एक तरफ़ जा कर खड़ा हो गया। हाँ, कुछ महत्त्वपूर्ण बात चल रही होगी तो अपनी वजह से उसमें ख़लल न पड़ जाये।

सुनने लगा तो कानों पर विश्वास ही नहीं हो रहा था। लगा, कहीं कुछ ग़लत तो नहीं, और ग़ौर से सुना तो पक्का हो गया। अपोज़ीशन पार्टी की फलाँ-फलाँ नेत्री टिकट के लिए उस पार्टी के किस-किस बन्दे के साथ सोयी—इस बात की रसभरी चर्चा चल रही थी।

राजनीति का अनुभव न के बराबर ही था; तिसपर कभी चुनाव में भी रस नहीं लिया। इस तरह से मन्त्री दरबार में हाज़िर होने का यह पहला ही अनुभव था। जो नज़र आया और उससे भी बढ़ कर जो सुनायी दिया उससे तो मुझे पूरा चक्कर ही आ गया।

रात के डेढ़ बजे यह सब जने मिल कर इस विषय में चर्चा कर रहे हैं? इस चर्चा का देश में क्या सम्बन्ध?

इतने में सेक्रेटरी ने मुझे पीछे से आगे धकेला और मैं सीधा मन्त्री के सामने जा कर खड़ा हो गया।

कुछ देर तक मन्त्रीजी को महसूस ही नहीं हुआ कि मैं उनके सामने खड़ा हूँ। मेरे आर-पार और इर्द-गिर्द देखते हुए वे दूसरे एक अपोजीशन नेता का उसकी सेक्रेटरी की बीवी के साथ चलने वाला चक्कर बताने में रम गये।

सामने बैठे हुए श्रोता मज़ा ले रहे थे। कहते-कहते मन्त्रीजी ने दोनों पैर सोफ़े से नीचे रखे।

सेक्रेटरी मेरे कान से लग कर बोला, 'पाँव छुओ जी, देखते क्या हैं?"

मन्त्रीजी ने मेरे लिए ही अपने पैर ऊपर से नीचे ला कर आगे बढ़ा कर रखे थे।

तात्या—मेरे पिताजी—और माई यानी माँ को छोड़ दो तो इसके पहले ज़िन्दगी में कभी किसी के पैर छुए नहीं थे। यह पैर छूने को मन नहीं मान रहा था। नहीं, मतलब देश के लिए काम करने वाले के होंगे, पर उसका गजकर्ण के धब्बे नज़र आ रहे थे उसका क्या?

इतने में मन्त्रीजी का क़िस्सा ख़त्म हो गया। सेक्रेटरी ने जल्दी से मन्त्री महोदय को मेरा परिचय दिया। "ये वह हैं जी, मसाज करने वाले।" "कौन?" (ये मुझसे।) "हाँ, जोशी, जोशी। बड़े मशहूर मसाजी हैं यहाँ के। हाँ जी, मैंने पूरी इंक्वायरी की है। बड़ा नाम है इनका।" (धीरे से) "पाँव छुओ।" (ये मुझसे।)

अब मन्त्रीजी की नज़र का फ़ोकस पहली बार मेरी तरफ़ मुड़ा। दरबार की नज़रें भी मुझ पर केन्द्रित हुइ। इतनी नज़रों से घिरा मैं, अपने आपको, पकड़ कर लाया हुआ और माचिस की डिबिया के बाहर छोड़ा हुआ झींगुर या कीड़ा लगने लगा।

पाँव छुए।

यानी, पाँवों को जैसे-तैसे थोड़ी दूरी से स्पर्श किया। मन्त्रीजी नीचे किए हुए आजानुबाहू फिर से एक बार ऊपर ले जाते और बग़ल के बाल दर्शाते हुए सामने वाली भीड़ को कहते बने, "हमारा एक मसाजी है। गाँव का है। स्कूल में हम दोनों थे। तो हम नेतागिरी करते थे और वह साथ देता था। बाद में साहब, हम पटना चले आये, वह गाँव में ठहरा। हम राजनीति में आये, वह मसाज करता रहा। इस देश में बहुत सारे गाँव के लोग गाँव में ही जीते हैं, गाँव में ही मरते हैं। बाकी छोड़िये, वह परराास्ट्र-नीति भाड़ में जाये, इस देश की ग़रीबी पहले दूर होनी चाहिये, बस्स। तो हमें पता चला तो हमने उसको दिल्ली बुलवाया। अब बस उससे ही रोज़ाना हमारी मरम्मत करवाते हैं। आज यहाँ रात बितानी पड़ रही है तो (मेरी तरफ़ देख कर) चलो, आपके हाथ में हम अपने तन को सौंप देंगे।"

मन्त्रीजी के सुर में जोहार के लिए निकली राजपूत साध्वी के प्राणार्पण का आधार मुझे महसूस हुआ और मेरा छोटा-सा अहंकार काफ़ी आहत हो गया। कान गरम हो गये। मुझे यह आदमी क्या चौपटी का तेल-मालिश वाला समझता है? सोचा, एक बार कि मन्त्रीजी को सुना दूँ, 'जाओ, ख़ुशी से जा कर अपने उस गँवार मसाजी से बदन रगड़ लो। मैं चला।' पर पता नहीं क्यों ऐसी कोई टकराव की बात मन में आती, पर अमल में लाना मुझसे नहीं होता। कुछ-न-कुछ बीच में आ जाता है। उसे आप संयम कह लीजिये या सीधी-सादी भाषा में डरपोक कह दीजिये।

न मैंने कुछ कहा और न ही वहाँ से निकला।

लगा, मन्त्रीजी अब मसाज करने के लिए अन्दर के दालान की ओर प्रस्थान करेंगे, पर ऐसा कुछ नहीं हुआ। उन्होंने वहीं सोफ़े पर बैठे-बैठे सबके सामने अपनी

बण्डी उतार दी और अपने बालों से ढके विशाल उदर का सबको दर्शन कराया। उनकी साँसों के साथ वह विशाल प्रदेश ऊपर उठता और फिर नीचे जाता।

मेरे एक तरफ खड़े सेक्रेटरी से मैंने धीरे-से पूछा, "मसाज किधर करने का है?"

"क्या पूछ रहे हैं जी?" सेक्रेटरी ने मुझे ऐसी नज़र से देखा जैसे मैं कोई पागल हूँ और जवाब दिया, "तन को, और किधर?"

ये सुन कर आस-पास के दो-चारों ने दाँत दिखा दिये।

सेक्रेटरी नहीं, पर मन्त्रीजी मेरे सवाल का मतलब समझ गये थे। इकट्ठा हुए लोगों को अपने पान से रंगे दाँत दिखा कर सहास्य बोले, "किधर माने? इधर, और किधर? जनता से छिपाने लायक हमारे पास है ही क्या? जनता के सामने हम नंगे फ़कीर हैं।"

डर गया! यानी अब मन्त्रीजी कमर की लुंगी भी...?

पर नहीं।

जनता के सामने मन्त्रीजी वहीं सोफ़े पर लेट गये।

"शुरू करो तुम्हारा काम। हम लेटे-लेटे बात करेंगे।"

चलो, छुट्टी हुई। मन में सोचा, जान पर आयी थी पर पूँछ पर निभ गया—इसका ऐसा भी अर्थ हो सकता है।

तैयारी की और फ़िल्मी दुनिया में मिले हुए मेरे पहले डायरेक्टर को याद करके—उनके बारे में मैं इससे पहले बहुत-कुछ बात चुका हूँ, याद होगा—उसी वज़न के उस राष्ट्रीय महत्त्वपूर्ण बदन पर आवेश के साथ हाथ डाला। रगड़ा मसाज।

26

मेरा काम चल रहा था और मन्त्रीजी डबल सोफ़े पर आराम से फैल कर अपना काम करते रहे—यानी वो ही—सब पे फ़िकरेबाजी। दरबार का मनोरंजन हो रहा था।

पहले विरोधी पार्टी की तरफ़ रुख था, अब मन्त्रीजी की पार्टी की तरफ़ मुड़ा। टिकट न मिलने के कारण ऐन चुनावों के दिनों में पार्टी छोड़ कर जाने वाले पार्टी बन्धुओं पर टीका-टिप्पणी की गयी।

टेलिविजन पर आजकल फ़ालतू के कॉमेडी धारावाहिकों में बीच-बीच में

बेकार की रिकॉर्ड हुई हँसी डाली जाती है वैसी ही हँसी इस दरबार में भी रह-रह कर उठ रही थी।

मन्त्रीजी का एकाध जोक तो इतना घटिया था कि मसाज करते-करते वक़्त मेरी इच्छा हो रही थी कि लगे हाथ इस लुच्चे आदमी की गर्दन मरोड़ दूँ या ज़बान खींच लूँ। आचार्य अत्रे और पु. ल. देशपाण्डे के महाराष्ट्र में आ कर इस आदमी की हिम्मत कैसे हुई कि ऐसा जोक सुनाये?

ज़बान और गर्दन पार करके मन्त्रीजी की छाती तक पहुँचा तब तक मन्त्रीजी की रसवन्ती का रुख़ सरकार में उनके अपने ही सहकर्मियों की तरफ़ मुड़ा। फिर देखता हूँ तो सीधे प्रधानमन्त्री पर गया। अब तक मैं मन्त्रीजी की कमर तक पहुँचा था। मैं चकराया। प्रधानमन्त्री मन्त्रीजी की ही पार्टी के थे। मन्त्रीजी मन्त्रीमण्डल के सभासद। फिर भी अपने नेता का ही मज़ाक उड़ा रहे हैं? उसे उड़ाने में और उन्हें दाद देने में उनके श्रोता रम जाते हैं! एक मन्त्री देश के प्रधानमन्त्री के बारे में इतनी तुच्छता से बात कर सकता है? यह बात प्रधानमन्त्री के कानों तक जा सकती है इस बात का इन्हें ज़रा भी ख़ौफ़ नहीं है? और सामने वाले भी सिर्फ़ सुन ही नहीं रहे हैं बल्कि दाद भी दे रहे हैं।

वैसे तो मैं बहुत शान्त और संयमी था और फ़िल्मी दुनिया का हिस्सा रहने के बावजूद, फल की अपेक्षा किये बग़ैर मेहनत करना सीख चुका था। किसी भी चीज़ से विचलित हुए बग़ैर अपना काम किये जाता। एक तरफ़ अपना मसाज का काम जारी रखते हुए मन्त्री महाशय के मुँह से निकलती एक-एक बात सुनते हुए सोचने लगा, मैं इसके शरीर को मसाज कर रहा हूँ तो यह अपने अहंकार को मसाज कर रहे हैं। मेरे मसाज से इसके शरीर को सुख मिल रहा है तो इस दूसरे मसाज से इसका अहंकार सुख पा रहा है। हैं दोनों मसाज ही।

साथ ही मोहभंग हो रहा था। जो प्रधानमन्त्री अपने ही मन्त्रीमण्डल में इस तरह खुली अनुशासनहीनता चलने देता है वह देश पर क्या शासन करेगा? उसके सहकारी ही उसके दुश्मन बने बैठे हैं तो सीमा पर के शत्रु को वह क्या—तात्या की भाषा में कहा जाये तो—क्या ख़ाक पाठ पढ़ाएगा?

इतने में इकट्ठा लोगों में से कोई हिम्मत वाला मन्त्रीजी से पूछ बैठा—"आप देश के प्रधानमन्त्री कब बनेंगे?"

मेरे कान खड़े हुए। यक़ीन था, मन्त्रीजी अब तो ऐसा बचकाना और पागलों जैसा सवाल पूछने के लिए उसके कान खींच लेंगे। झूठी नम्रता दिखा कर कहेंगे, 'नहीं, नहीं। मैं तो सादा स्वयं सेवक हूँ।'

पर मन्त्रीजी मन-ही-मन हँसते हुए कह उठे, "देखते हैं, कब योग आता है। मैं तो तैयार बैठा हूँ।" मुझे तो वह भी सुनायी दिया जो उन्होंने कहा नहीं—एक पैर पर। एक पैर पर तैयार खड़ा हूँ।

अनजाने में मन-ही-मन मैं चिल्लाया, "अरे सियार की जाति के!..."

पिछले साल एक करोड़ के हेर-फ़ेर में नाम आने की वजह से मन्त्रीजी का मन्त्रीपद चला गया और फ़िलहाल वे सीढ़ी की निचली पायदान से फिर से एक बार उसी दृढ़ता और हिम्मत से ऊपर जाने की कोशिश में लगे हुए नज़र आते हैं। छः महीने पहले उन्होंने पार्टी बदली। उन पर करप्शन का आरोप लगाने वाली पार्टी ने ही उनको पार्टी में प्रवेश दिया।

जाने दीजिये, जाने दीजिये।

27

और एक क़िस्सा।

एक रात को बारह बज रहे थे। शान्ता सोयी थी पर मैं पढ़ रहा था। दरवाज़े की बेल बजी। इतनी रात को कौन आया, सोचते हुए मैं उठा और मैंने दरवाज़ा थोड़ा-सा खोला तो दरवाज़े पर... पुलिस।

यक़ीन नहीं हो रहा था। इस वक़्त दरवाज़े पर पुलिस? आधी रात को?

डर गया।

पर वैसा कुछ नहीं था तो सोचा कि शायद ग़लती से वे मेरे दरवाज़े पर आये होंगे।

उसी यक़ीन के साथ पूछा, "येस? क्या है?"

चेहरे पर यह ऐसी ही मुस्कान थी।

"साहब ने बुलाया है," उसने बिना मुस्कराए सुना दिया।

"मुझे?"

मैं थोड़े मज़ाकिया स्वर में अपना परिचय देने लगा तो मुझे रोक कर उसने कहा, "आप जोशी हैं ना? मसाज करने वाले? वह बाहर बोर्ड लगा आपका ही है ना? तो सही जगह है। साहब ने बुलाया है। चुपचाप चलिये।"

मेरी समझ में नहीं आ रहा था, इसका साहब मुझे क्यों बुलाने लगा? और वह भी ऐसे बेवक़्त? रात के बारह बजे के बाद? यह तो ज़ाहिर था कहीं कुछ

गड़बड़ हो रही है। मैं ज़रा शान्ति से समझाने लगा, ''देखिए, इस बिल्डिंग में कुल चार जोशी रहते हैं। आप को दूसरे किसी जोशी से काम होगा।''

''चलिये जनाब, ख़ामख़्वाह टाइम खोटी मत करो।'' उसके चेहरे पर और स्वर में रौब था।

कहीं पढ़ा था कि पुलिस अरेस्ट करने आ जाये तो पहले वॉरण्ट पूछ लेना चाहिये। वॉरण्ट नहीं हों तो तुम्हें गिरफ़्तार करने का अधिकार पुलिस को नहीं। वह याद आया, पर मुझे क्यों गिरफ़्तार करेंगे? पहले ग़लती से भी मेरे हाथ से कोई मारा नहीं गया था। और अब तो किसी के मारे जाने की सम्भावना ही नहीं थी। और मसाज की वजह से कोई कैसे मारा जायेगा?

मुझे बुलाने की वजह की ज़्यादा पूछताछ करने लगा तो वे क़ानून का भक्षक–सॉरी, रक्षक और बिगड़ गया। ''परिणाम बहुत बुरे होंगे। चलो बोला, तो चलो।'' उसने धमकाया।

मुझे पूरा यक़ीन था कि कुछ ग़लती हो रही है, इसीलिये मैं जाने के लिए तैयार नहीं हो रहा था। पहले धीरे-से बात कर रहा था। फिर बातचीत में हम दोनों की आवाज़ें ऐसे चढ़ीं कि शान्ता जाग गयी। ''क्या है?'' पूछने लगी। उसे बताना पड़ा। मुझसे सब कुछ जान लेने के बाद कम-से-कम उसे तो लगना चाहिये था कि ज़रूर पुलिस वाले ग़लती कर रहे हैं। पर उल्टे मुझ पर ही शक करते हुए पूछने लगी, ''आज दिनभर बाहर थे तब कुछ हुआ क्या? कुछ हुआ होगा तो बताइये, छिपाइये नहीं।''

अब तो मेरा ग़ुस्सा सातवें आसमान पर पहुँच गया। ''तुम कहना क्या चाहती हो? मैंने कुछ किया है? हाँ, मैंने आज दोपहर को ख़ून किया है, बलात्कार किया या बैंक पर डाका डाला है।'' मैं यह सब ग़ुस्से में बक रहा था। दरवाज़े पर खड़ा पुलिस वाला जम्हाई लेते हुए बोला, ''चलिये जनाब। अब चलते हो या और पुलिस बुलाऊँ?''

शान्ता ही नहीं, मैं भी इस धमकी से हड़बड़ाया।

''जा कर मिल आइये ना। ग़लती से बुलाया होगा तो गये बग़ैर कैसे समझेगा?''

अन्दर ले जा कर वह मुझे समझाने लगी, ''पड़ोसी जाग गये और ऐसे वक़्त पर दरवाज़े पर पुलिस को देखा तो हम कहीं के नहीं रहेंगे।''

उसे दूसरों की ही चिन्ता थी।

''पर कुछ हुआ ही नहीं तो मैं क्यों जाऊँ पुलिस स्टेशन पर?''

"चाहो तो मैं भी चलती हूँ आपके साथ।" उसे लगा, मैं जाने के लिए डर रहा हूँ। "पर प्लीज़ अब यह बात यहाँ दरवाज़े पर मत बढ़ाइये।"

और बात बढ़ाना ठीक नहीं होगा, समझदारी से काम लेना होगा, यह मैंने जान लिया।

इतनी रात गये शान्ता को पुलिस थाने ले जाऊँ, इतना पागल मैं नहीं था। कपड़े पहने। चप्पल पहन कर पुलिस के पीछे से निकला।

"उल्टी पहनी हैं, "शान्ताजी ने बताया।

पुलिस थाना आया।

गाड़ी में बैठते वक़्त तो लग ही रहा था पर पुलिस के पीछे से थाने के साहब के सामने जाते वक़्त नये सिरे से अपराधी जैसा महसूस हो रहा था। वहाँ का माहौल भी वैसा था। आधी रात। जहाँ देखूँ, वहाँ लाल आँखों वाले पुलिस वाले और पकड़ कर लाए हुए या पकड़ कर लाए हुओं के पीछे से आये हुए उदास, दीन-हीन चेहरे।

सब मुझे उनमें से ही एक समझ रहे होंगे, ऐसा लग रहा था। बाहर एक ने पहचान भी दिखायी, "क्यों बे साले, पहचाना नहीं? सण्डास रोड पुलिस लॉकअप में साथ में थे? चर्बी आयी क्या? आं? चर्बी आयी?"

28

थाना प्रमुख के केबिन के बाहर तख़्ती थी। फलाँ-फलाँ भोंसले।

मुझे ले कर आये हवलदार ने मुझे केबिन में ले जा कर खड़ा किया तो कुछ नज़र आने से पहले एक गन्ध नाक में घुस गयी।

दारू।

सामने बैठा हुआ कम-से-कम नब्बे किलो वजन का शरीर भोंसले था—यह बताने की ज़रूरत ही नहीं थी। तो इस भोंसले नामक ख़ाकी रक्षक ने—कम-से-कम आकार से तो राक्षस ही लग रहा था उस वक़्त—बैठे-बैठे ही शेक हैण्ड के लिए अपना मोटा-ताज़ा पंजा आगे बढ़ा कर मेरा स्वागत किया। उसकी त्वचा का स्पर्श गेण्डे की खाल जैसा लगा। यानि गेण्डे की खाल को मैंने कभी छुआ नहीं था पर एक अन्दाज़ा बाँधा था, चित्र में देखे हुए गेण्डे के आधार पर। सामने मेज़ पर, अभी-अभी पेट के हवाले हुई मुर्गी के अवशेष एक तश्तरी में बिखरे पड़े थे। पास ही दारू का ख़ाली गिलास रखा था।

देख कर मेरी तो हवा ही खिसक गयी।

एक तो पुलिस अधिकारी, तिसपर नशे में और समय आधी रात का।

पढ़ी-सुनी सारी बातें याद आने लगीं।

बालों भरे गोल-मटोल हाथ से इशारे से थाना प्रमुख भोंसले ने मुझे सामने बैठने को कहा। फिर टेबल पर रखे पिन से दाँत कुरेदते हुए अपनी लाल-पीली आँखों से मुझे देखने में खो गया।

उसकी नज़र के नीचे मेरी बेचैनी पल-पल बढ़ रही थी। क्यों लाया होगा? मसाज का काम होगा तो इस कदर देखने की क्या ज़रूरत है? इसका मतलब कोई और बात है।

बेक़सूर लोगों पर झूठा इल्ज़ाम लगने की कहानियाँ फ़िल्मों में बहुत देखी थीं। उनमें से दो-चार तो मेरी ही हाज़री में और मेहनत से कभी प्रदर्शित हुई थीं। वह सब याद आया। वैसी कोई बात तो नहीं?

"जोशी। ऊँ?"

मेरे सामने बैठा हाड़-मांस का ख़ाकी पहाड़ ऐसे बोल उठा जैसे मुझे देखते-देखते अचानक नींद खुल गयी हो।

तम्बाकू का पान खाने वाले मुँह में पान रख कर जैसे बात करते हैं, वैसे भोंसले एक-एक शब्द चबा कर बोल रहा था और आगे ऊँ जैसी आवाज़ कर रहा था।

"जोशी," मूँछों की तलवार में से बाएँ तरफ़ की तलवार चबाते हुए उसने फिर से कहा।

नज़र मुझ पर लगी हुई।

मैंने गर्दन हिला कर हामी भरी। चेहरे पर मुस्कान थी पर वह हमेशा की अपेक्षा कम ही होगी। जैसे ही देखा कि वह फिर से मुझे देखते हुए खाने वाला है तो तुरन्त पूछ लिया।

"आपने मुझे क्यों बुलाया साहब?"

कुछ पल वह ऐसा अन्तर्मुख हुआ जैसे मेरे सवाल पर बड़ी गम्भीरता से विचार कर रहा हो।

फ़िर बोला,

"मसाज, ऊँ? मसाज...," उसकी ढेर सारी अँगूठियों से लदी मोटी उँगलियों ने मेज पर ताल देना शुरू कर दिया।

मैंने कहा, "करता हूँ ना।"

उसने कहा, "तीन सौ नौ।"

मैं समझा नहीं, "क्या जीन सौ नौ?"

"आइ.पी.सी.।" मूँछ की तलवार चबाते हुए मुझ पर नज़रें रोक कर उसने कहा, "सुइसाइड।" मेरी समझ में नहीं आ रहा था, मैंने ठीक सुना ना? क्या कहा? सुइसाइड? किसका सुइसाइड? मेरा उससे क्या सम्बन्ध? पेट में अजीब तरह का ख़ालीपन महसूस पहले से ही हो रहा था, वह अब बढ़ने लगा। मैंने कान खड़े किये।

मेरे ग्राहकों में से किसी ने....?

"ऊँ...लॉकप।" उसने फिर से अपनी अल्पाक्षरी शैली अपनायी। गर्दन के इर्द-गिर्द उँगलियों से बाँध कर ऊपर टाँगने का अभिनय किया। "ऊँ।"

पहले तो लगा था कि समझने में मुझे ही कोई ग़लती हो रही है पर फिर ध्यान में आया, यह अभिनय और कुछ नहीं दर्शाता।

ल़ॉकअप में फाँसी।

एक पल के लिये दिल धड़कना भूल गया।

बाप रे! यह तो बड़ा गम्भीर मामला नज़र आता है।

"ऊँ...पंचनामा।" उसने कहा।

मैं सकपकाया। कहीं पंचनामे के लिए मुझे पंच बना कर तो यहाँ नहीं बुलाया?

मेरा एक वकील क्लाइण्ट था। वह हमेशा सिर की मालिश कराते वक़्त कहता, "एक बार .ख़ून करके पुलिस थाने जाना बेहतर है पर पंचनामे का पंच बनना...तौबा।" सोचा, चलो, आज कोई नहीं बचा सकता।

मेरे सामने दो उँगलियाँ नचाते हुए वह ख़ाकी पर्वत बोला, ऊँ...चलते हैं।"

मैंने तर्क किया, और कोई आने वाला होगा। उसके वाक्य की रिक्त स्थानों की पूर्ति करने में मैं अनजाने ही एक्सपर्ट हो चला था।

दो उँगलियाँ मेरे सामने नचाते हुए बोला, "हूँ, तब तक...ऊँ। चलो।"

'बाहर आओ' सुझाने के लिए उसने हाथों की जो हलचल की वह किसी भिखारी को हम आगे जाओ सुझाते वक़्त करते हैं, उससे भी गयी-गुजरी थी।

आमतौर पर ऐसे अपमानजनक बर्ताव का निषेध किए बग़ैर मैं नहीं रहता, पर वहाँ ऐसी बात मन में भी नहीं आयी। चुपचाप बाहर आ कर बाकडे पर बाकी चारों के साथ पाँचवाँ बैठ गया।

ध्यान में आया, बात बहुत गम्भीर तो है ही और मैं उसमें फँसा हूँ।

29

पंचनामा यानी बिना किसी कसूर के सज़ा।

आज की रात तो इस झंझट में जाएगी ही पर केस लग कर उसका फैसला होने तक कोर्ट के अनगिनत चक्कर काटने पड़ेंगे। तब तक धंधा-पानी बन्द। कितने भी महीने, साल।

एक तो हाल रोज़ कमा कर खाने का था और दूसरा अभी-अभी घर बसाया था। मेरे पैरों तले से ज़मीन सरक गयी। पुलिस के हाथों से छूटने का मार्ग चाहिये था और वह दिखायी नहीं दे रहा था।

एक बारगी लगा, वह वहाँ केबिन में है। अगर मैं ऐसे ही उठ कर चला गया तो क्या होगा? होने दो। जो होगा, सो देखा जायेगा। मैंने कोई गुनाह थोड़े ही किया है? पंच बनना या नहीं—यह अपनी-अपनी मर्ज़ी पर निर्भर होना चाहिये।

फिर सोचा, क्या पता, पंच बनने से इनकार करने यानी पुलिस के काम में रुकावट डालने के नाम पर ही सज़ा सुना दे।

ऐसे वक़्त जैसे ग़लत-सरत विचार आते हैं, वैसे कई विचार वहाँ बैठे-बैठे मन में आये।

मुझे अचानक झूठा हार्ट अटैक आ जाये और जल्दी से हॉस्पिटल में दाखिल कराना पड़े।

कोई फ़ोन आये और उसमें बताया जाये कि पुलिस थाने में बम रखा है जिसकी वजह से थाना तुरन्त ख़ाली करना पड़े।

सुइसाइड करने वाला ज़िन्दा हो कर हमारे सामने आ कर खड़ा हो जाये और पूछने लगे, "आप यहाँ-कहाँ?"

मुझे यक़ीन हो चला था कि मैंने रास्ते से आसानी से नज़र आने वाली तख़्ती लगा रखी थी, उसी की वजह से मैं इस झंझट में फँस गया था। पछतावा भी हुआ।

बार-बार लगता कि घर पर फ़ोन करूँ पर फ़ोन पर मैं शान्ता को वैसे भी कौन-सी अच्छी खबर सुनाने वाला था? सोच लिया कि, ख़ामख़्वाह उसे परेशानी में डालने से बेहतर है कि अभी फ़ोन न करूँ। उसे सोने दूँ।

पता नहीं, समय कितना हो गया था। रात के दो तो शायद कब के बज चुके थे। दिन-भर के काम के बाद आँखें झपकने लगीं थीं और मुझे ले कर आने वाला सिपाही और दो जनों को ले आया। उन्हें देखते ही मैं जान गया कि यह

दूसरे दो पंच होंगे जो मेरे साथ रहने वाले थे। कैसे, पता नहीं। दोनों को नींद से जगा कर लाया गया था। तीनों के मुँह से दारू की बास आ रही थी।

उन्हें मेरे पास बिठा कर सिपाही भोंसले साहब के केबिन में ग़ायब हो गया।

इतने में फ़ोटोग्राफ़र उसके सारे हथियारों समेत पहुँचा। वह भी पंचनामे के लिये ही होगा। वह भी पी कर आया था।

हम तीन-चार नशे में और एक मजबूरी से होश में—आगे कुछ घटने की राह देखते बैठ गये।

अब रात के तीन भी पार हो चुके थे। शिकायतें ले कर आने वालों की भीड़ क़रीब-क़रीब ख़त्म हो गयी थी।

उनकी पूछताछ करने वाला इन्स्पेक्टर उठ कर चला गया था और भोंसले के केबिन में गया हुआ सिपाही बाहर आ कर बोला, "चलो, पंचनामा।"

उसके मुँह से आने वाली बास भोंसले को मात देने वाली थी।

मेरे बाद लाये गये दोनों लोग झपकियाँ ले रहे थे, 'चलो' सुनते ही तुरन्त खड़े हो गये। मैंने ही थोड़ा समय लिया।

वे दोनों शायद पंचनामा क्षेत्र के अनुभवी होंगे।

मार्गदर्शक सिपाही के पीछे-पीछे हमारी बारात अब पुलिस थाने के लॉकअप की ओर निकली। वहाँ पहुँच कर मैंने ज़िन्दगी में पहली बार देखा कि असली लॉकअप कैसा होता है?

30

ज़ीरो पॉवर के बल्ब की बीमार रोशनी।

भेड़-बकरियों की तरह अन्दर ठुँसे हुए मैले, गन्दे, उनींदे और सोए हुए लोग।

लॉकअप तक पहुँचने से पहले ही नाक के बाल तक जला देने वाली जो दुर्गन्ध फैली हुई थी—वो लॉकअप से लगे हुए सण्डास की थी।

"चलो," साथ के सिपाही ने कहा। उँगली 'चलो दिल्ली' के शान से सण्डास की तरफ़।

"नहीं। क्यों?" मैंने तीव्र नाराज़गी दर्शाते हुए कहा।

पर किसी ने कोई जवाब नहीं दिया। सब जाने लगे।

हम पहुँचे। नाक उँगलियों से दबायी हुई।

फ़िल्मी दुनिया में जिसे रोमांचकारी कहते हैं, ऐसा दृश्य मैंने देखा।

सण्डास का दरवाज़ा टूटा हुआ था। अन्दर की सँकरी जगह में ज़ीरो पॉवर की बत्ती की रोशनी में, किसी आन्दोलन में जैसे भूसा भरे पुतले जलाए जाते हैं, वैसा ही कुछ छत से टँगा हुआ लटक रहा था। वैसा ही जैसा आन्दोलन में जलाये जाने वाले भूसा भरा पुतला। आँखें फाड़ कर देखा तो पता चला कि वह मनुष्य देह थी।

सण्डास के छत से कपड़े से बंधी गर्दन ऐसी टेढ़ी हो कर लटक रही थी जैसे किसी ने मरोड़ी हो। आँखें बन्द थीं। हाथ दोनों तरफ लटक रहे थे। पैर...नीचे...

देख कर चक्कर आ गया। फट् से आँखें मूँद लीं। नाक पहले ही मुट्ठी में पकड़ रखी थी। ऐसा कभी कल्पना में भी नहीं देखा था।

अब हम तीन पंचों की हाज़िरी में उस दुर्देवी देह की पंचनामा नामक विधि होनी थी।

ज़्यादा विस्तार में नहीं जाता, थोड़े में बताता हूँ। उस जगह पर पूरे ढाई–तीन घण्टे, ऐसे व्यक्ति की लाश के साथ हम थे जिसे ज़िन्दगी में कभी देखा नहीं, जिससे कभी मिले नहीं–ऐसे देह के साथ हम लोग थे।

पंचनामा नामक विधि किसने तय की? किसी ने भी की हो, उसकी एक ख़ासियत है। शुरू में जिस परिस्थिति से आपको बेहद तकलीफ़ होती है, यहाँ तक कि उल्टी भी आ जाये–मुझे आयी–ऐसी परिस्थिति के धीरे-धीरे आप इतने आदी हो जाते हैं कि फिर किसी चीज़ से कोई फ़र्क़ नहीं पड़ता।

पहले लटकती देह की यहाँ-वहाँ से तस्वीरें खींची गयीं। फिर उसे नीचे उतारा गया और उसके अलग-अलग हिस्सों की तस्वीरें ली गयीं। फिर कपड़े हटा क़र निर्जीव नंगी देह पर की छोटी-मोटी निशानियाँ हमारी हाज़िरी में काग़ज़ पर लिखी जाने लगीं। उसमें से कुछ पंचनामे में हटा दी गयीं। कुछ निशानियाँ फाँसी लगा लेने की वजह से हुई थीं, पर दूसरी भी कुछ निशानियाँ थीं। हमारे साथ का पुलिस ड्राइवर जिस सहजता से उस निर्जीव शरीर को गुदड़ी की तरह उलट-पुलट कर रहा था, उसे देख कर मैं जिसने शुरू में उल्टी की भी, बाद में सबके साथ चाय पी रहा था।

पंचनामा तैयार हुआ। उसे पढ़ा कर दिखाने के बाद उस पर हमारे हस्ताक्षर लिये गये। मैं डर गया। तात्या की सीख थी किसी भी पेपर पर हस्ताक्षर करने से पहले दस बार सोचो। इस पंचनामे पर दस्तख़त करने को हाथ बढ़ नहीं रहा

था। बाकी दोनों इस क्षेत्र के प्रोफेशनल्स। उन्होंने मुझे समझाया, "कुछ नहीं होगा। करो दस्तख़त। यह रोजमर्रा का मामला है, करो।"

किया। भगवान का नाम ले कर हस्ताक्षर किए।

सब ख़त्म होने पर हमें थाना प्रमुख के सामने ले जा कर खड़ा किया गया। उस समय सवेरे के पाँच बज रहे थे। "ऊँ?" उसने हमारे साथ वाले सिपाही से पूछा। "हूँ।" सिपाही सवाल के हिसाब से जवाब दिया।

मेरे साथ वाले दोनों पंच लाचार सलाम करके खड़े थे। मैं वैसा ही। मैंने सलाम नहीं किया। मुझे देखते हुए उस मानवी पर्वत ने एक उँगली ऊपर की। मुँह में पान ठुँसा हुआ था। "ऊँ।" उसने मुझे सूचक आवाज़ी इशारा दिया। कम-से-कम शब्दों में ज़्यादा-से-ज़्यादा बात करने के उसके कौशल का जवाब न था और मैंने वह दिया भी नहीं।

घर आया तब गहरी नींद में सोयी शान्ता समझी कि घण्टी दूध वाले ने बजायी है। उससे कह दिया कि मसाज के लिये पुलिस थाने बुलाया था।

उसके बाद काफ़ी दिन समय-असमय नज़र के सामने पुलिस थाने का वह लॉकअप नज़र आता। उसके सण्डास में छत से लटकी हुई वह लाश नज़र आती।

तकलीफ़ होती थी।

अख़बारों में उसके बारे में कुछ छपेगा सोच कर देखता था, पर कुछ भी नहीं आया।

कहीं आया भी होगा तो मेरी नज़र से छूट गया होगा।

जो उस रात देखा उसके बारे में कहूँ तो—और मैं कोई विशेषज्ञ नहीं—वो आत्महत्या नहीं लग रही थी। लाश बाद में लटकायी गयी थी। बदन पर मार और बिजली के झटके देने की निशानियाँ थीं।

पुलिस थाने का उस आधी रात का डर समय के साथ चला गया; पर परसों क्या हुआ कि रास्ते में किसी ने मेरी जेब साफ़ कर दी। देखने वाले उत्साही लोगों ने माल समेत चोर को पकड़ कर मेरे हवाले किया। चोर को लेकर कुछ दूर गया, पुलिस थाने की दिशा में। फिर जाने क्या हुआ पता नहीं, मैंने उसे छोड़ दिया। चोर चलेगा पर पुलिस थाना नहीं, यही लगा।

मेरे घर पर लगी हुई तख़्ती ही इस बात के लिए भी ज़िम्मेदार थी।

वो नहीं होती तो कैसे किसी को पता चलता कि कोई जोशी नामक पंच यहाँ रहता है?

31

अब जो बताने वाला हूँ वह आख़िरी क़िस्सा है, मेरी मसाज वाली ज़िन्दगी का। मसाज छोड़े हुए अब चार-पाँच साल हो जाएँगे।

हाथ चल रहे थे, काम तो बहुत मिल रहा था। पैसे मिल रहे थे। एक दिन मन में आया, बस्स बहुत हुआ। काम कर के किसके लिये कमाना? पीछे किस के लिये छोड़ना? अकेले के लिये काफ़ी होगा। उतना है। जो मिला, उसे कहीं-कहीं डाल रखा है। उसके ब्याज पर दस-पन्द्रह साल आराम से कटेंगे। आगे का किसनें देखा है?

तो, धंधा बन्द।

मन में आया और रुक गया। किसी को पूछने का या समझाने का सवाल ही नहीं था।

कुछ दिन हाथ मचलते, मसाज के लिये। अब तो वे भी समझ गये।

फ़िल्मी दुनिया नहीं छोड़ी?

आख़िर कहीं तो रुकना ही होता है।

इस वृद्धाश्रम में दाखिल हुआ।

आपको जो लग रहा है, सही है। वैसे यहाँ आने की उम्र अभी हुई नहीं। मुझे देख कर पूछा, "पिताजी कहाँ है?" मैंने कहा, "पिताजी? पिताजी नहीं, मैं ही रहने वाला हूँ।" तो सब अचरज में पड़ गये। बूढ़ा नहीं था पर बूढ़ों की आदत थी। हिल-मिल जाने में समय नहीं लगा। ऊपर से यह हँसमुख चेहरा। पर मसाज आता है, यह बात किसी को पता नहीं लगने दी। सामने किसी को दर्द-वर्द उठा भी तो मैं एकदम चुप।

बड़ी मुश्किल से हाथों को रोकता हूँ।

आख़िर यह ज़िद किसलिए? पता नहीं। पर ऐसा होगा कि ज़िन्दगी का एक हिस्सा भूलना होगा। तो वह आधा-अधूरा भुला पाना सम्भव नहीं है। पूरा, खिचमिच कर भरी हुई स्लेट जैसे गीला कपड़ा ले कर पोंछं कर कोरी करनी पड़ती है, वैसे पोंछना पड़ता है।

कभी लगता, कितने दिनों में कोई हँसमुख, हट्टा-कट्टा, मिलने पर तबियत की शिकायत न करने वाला कोई मिला नहीं।

आस-पास सारे वरिष्ठ नागरिक।

आईने में देखता हूँ।

मेरा थोड़ा-बहुत नाम हुआ था। लाइट मसाज, इस मेरी स्पेशियलिटी के बारे में पहले ही बताया है। इस मसाज की मोहिनी उनींदेपन के रोगियों पर बहुत असर करती थी। रात को देर से मैं आऊँ और मसाज का जादू जगा कर सुलाऊँ इसीलिये अमीर ग्राहक मुझे मुँह-माँगी रक़म देने के लिए तैयार होते थे। गाड़ियाँ तो भेजते ही थे पर फ़ोन करते रहते थे। फ़ोन पर पैर छूते थे। "पैर छूता हूँ पर आजा। तू जो माँगे, दे दूँगा," कहते थे।

इस दुनिया में अमीर कितने दुःखी हैं, उन्हें कितनी तरह की चिन्ताएँ सताती थीं, उनकी रातें कैसे तड़पते हुए बीतती हैं—यह मुझे इस दौरान पता चला। गरीबों के लिए मन में दया रखने की सीख मिली हुई थी पर मुझे अमीरों के दुःखों की क़रीब से कल्पना आयी और मैं अमीरों पर दया करने लगा। चाहे जो भी हो, एक उद्योगपति, शेयर मार्केट और उसमें लोगों के पैसे लगाने वाले, दस-पाँच अर्ध सरकारी संस्थाएँ जिसके कदमों में बिछी रहती हैं। ऐसा ताकतवर दलाल, जिसके सामने ऑपरेशन के पहले कम-से-कम दो-चार लाख की दक्षिणा रखनी पड़ती है, ऐसा मशहूर सर्जन, कितने सारे मंझे हुए ख़ूनियों को हाथों-हाथ छुड़ाने वाला वकील, हिट फ़िल्मों का प्रोड्यूसर, एअरकण्डीशण्ड कोचिंग क्लासेज़ का संचालक—कौन नहीं था मेरी बेचारे दुःखी अमीर इन्सानों की फेहरिस्त में, पूछिये।

तो ऐसा वह ज़माना! काम के लिए मेरे दो हाथ पूरे नहीं पड़ रहे थे, इतना काम।

मैं बस के लिए खड़ा था। मोटरसाइकिल ली थी पर उसकी कुछ मरम्मत होनी थी इसीलिए वह गैरेज में थी।

अभी-अभी बारिश हुई थी। रात के ज़्यादा नहीं, नौ वग़ैरह बजे होंगे। रास्ते पर दोनों तरफ़ पानी उड़ा कर जाने वाली गाड़ियों की, छातों की भीड़ है।

मुझे वैसे जल्दी नहीं। रोज़ मसाज लेने वाले दो लोग शहर के बाहर गये हैं इसीलिए आज जल्दी काम हो गया। अब घर ही पहुँचना था। आमतौर पर ग्यारह-बारह बजते हैं। अपनी चाबी से दरवाज़ा खोल कर घर में घुसना था, ढक कर रखे दो ठण्डे कौर निगल कर दिन ख़त्म करना था। मेरे बेवक़्त—देर से आने की वजह से शान्ता आजकल मेरी राह देखे बिना खाना खा लेती है, सो भी लेती है। मैंने ही उसे ऐसा करने को कहा है। उसे क्यों ख़ामख़्वाह देर करायी जाये? इसीलिए मैं निश्चित था। बस जब आनी हो, आने दो।

मैं अपने ही ख़यालों में खोया हुआ था। काफ़ी देर हो गयी, बस आयी नहीं। वैसे तीन-चार रूट इस स्टॉप पर रुकते हैं, पर बस नहीं। बसों की यही

समस्या है। आती हैं तब एक-दूजे का पल्लू पकड़ कर आती हैं। नहीं तो जैसे सताने का प्रण किया हो—आती ही नहीं।

इस तरह अकेले होता हूँ तब मन लगाने का मेरे पास एक साधन होता है—विचार।

कैसे विचार? कैसे भी।

इस वक़्त मैं सवेरे अख़बार में पढ़ी एक ख़बर के बारे में सोच रहा था। ख़बर महत्त्वपूर्ण नहीं थी। किसी वैज्ञानिक ने एक नया ग्रह खोज निकाला और उसे सालों पहले गुज़रे अपने बेटे का नाम दिया। छब्बीस या न जाने कितने साल से वह इस काम में रत था और इससे पहले पाँच या सात वैज्ञानिकों ने इस ग्रह को खोजने की कोशिश की थी पर उन्हें सफलता नहीं मिली थी। अब इस ख़बर में सोचने जैसा क्या था? कुछ नहीं। न मैं कभी इस ग्रह पर जाने वाला हूँ और न ही उस वैज्ञानिक से मेरी भेंट होने वाली है। सब कुछ बस पढ़ने भर का है। पर बस की राह देखते हुए, बादलों से भरा, रात का काला आसमान देख कर मैं ख़ुद से ही बतिया रहा था, यह ग्रह तारे यानी सचमुच अजूबा हैं? कितने ही मिल गये फिर भी बाक़ी ही हैं। और वैज्ञानिक यानी दूसरा अजूबा। न मिलने वाली चीज़ को खोजने में यह दीवाने पूरी ज़िन्दगी गँवा देते हैं। उसमें से कुछ तीसरा ही निकलता है और फिर चौथा वैज्ञानिक उसे ख़ारिज कर देता है और पाँचवा ही कुछ साबित कर देता है। छठा और सातवाँ ऐसे दो किसी दूसरे ही देश के वैज्ञानिक एकाध सेमिनार में उठते हैं और इस पर धुआँधार शाब्दिक लट्ठा-लट्ठी करते हैं। आठवाँ इस बहस से मिली जानकारी के उपयोग से कुछ नया खोजता है। जो कुछ वैज्ञानिक चालीस-पचास साल पहले ही खोज चुका है, ऐसा दस साल के बाद पता चलता है।

खोजी हुई चीज़ों को यह लोग पूना में बंगला बाँधने वाले पेन्शनर की तरह नाम रखते हैं। इस वैज्ञानिकों ने बेटे का नाम दिया। कहते हैं, यह बेटा बचपन में ही गुज़र गया था। हम क्या सोचते हैं कि वैज्ञानिक यानी तर्कशुद्ध विचार करने वाले, दिमाग़ से चलने वाले, भगवान वग़ैरह न मानने वाले होते हैं। पर इस वैज्ञानिक ने तो ग्रह को सीधे अपने मृत बेटे का नाम दे दिया यानी सालों पहले गुज़रे अपने बेटे को यह जनाब भूल नहीं पाये हैं। वह बछड़ा उनकी स्मृति में कायम रह गया। उसकी बेवक़्त मौत उनके कलेजे में नासूर की तरह चुभती रही वरना इतने सालों बाद उसे वह बेटा क्यों याद आता? याद आया भी तो कोसों दूर स्थित, नज़र को न दिखने वाले उस ग्रह को उसका नाम देना बेशक भावुकता है, ऐसा कहते हुए मैंने ऊपर आसमान की तरफ देखा।

तो आँखें भरी हुईं। क्यों? कुछ भी तो नहीं हुआ। मुझे तो बेटा भी नहीं जिसकी बचपन में ही मौत...

तो ऐसा कुछ आँखों में—सॉरी, दिमाग़ में—आ रहा है और पीछे ध्यान नहीं।

ध्यान आता है तो देखता हूँ पहले के वह दोनों ग़ायब हैं। लेकिन तीसरा है। अब वह मेरे पीछे ही खड़ा है। अँधेरे में उसका चेहरा नज़र नहीं आता। सिर्फ़ आउटलाइन नज़र आती है। सिलहूट कहते हैं वैसी।

चेहरा नज़र नहीं आता यानी पल भर में ऐसा लगता है जैसे चेहरे की जगह पर कुछ है ही नहीं और रोंगटे खड़े हो जाते हैं।

पर इतने में सड़क से गुज़रते ट्रक की भागती रोशनी में चेहरा नज़र आता है।

उस पल भर के रोशनी में वह चेहरा मुझे ही देख रहा है।

पहचान का तो नहीं है।

वो भी बस के लिए खड़ा होगा, यह सोच कर मैं मन की बात पूछने के लिये बात छेड़ता हूँ, "इस शहर में बस के लिए रुकना यानी अपने नसीब की परीक्षा लेने जैसा है। रुक़ गये तो जब तक रुके रहोगे वह आयेगी ही नहीं। आयेगी तो भर कर आयेगी, बिना रुके आगे चली जायेगी। चले गये तो पीछे से आ कर खाली निकल जायेगी।"

ताली वाले डायलॉग के लिए जैसे ज़रूरी होता है, वैसे ही इन बातों का आधार रोज़ के अनुभवों का है। पर इस पर वह कुछ नहीं कहता जैसे कि मैंने कुछ कहा ही न हो।

मैं सोचता हूँ, मराठी नहीं होगा। मैंने जो कहा, समझा ही नहीं होगा।

यह सोच कर मैं बस की प्रतीक्षा करने लगा।

अब पीछे से शब्द आये, "आप जोशी, मसाज करने वाले?"

बिल्कुल यह अपेक्षा नहीं थी कि यह मुझे पहचानने वाला होगा। वह चेहरा भी पहले कभी देखा था, ऐसा याद नहीं आया।

"आप?" मेरा अचरज भरा सवाल।

"मैं कोई भी हूँ। आपका क्या होगा, यह सोचिए।"

"मेरा? मेरा क्या?" मैंने चकरा कर पूछा।

"वही कह रहा हूँ। आपका क्या?"

वो क्या कह रहा था यह मैं समझ नहीं पा रहा था। जवाब न होने के कारण मैं तीसरी दिशा में देखने लगता हूँ। पर मैं बेचैन था।

"चलिये। चाय लेते हैं," उसने कहा।

मुझे चाय नहीं चाहिये थी। पर उसने मेरा बाजू पकड़ लिया। यानी हल्के-से कहने को ऐसे जैसे कन्धे पर हाथ रखा होगा—और मुझे बस स्टैण्ड से दस एक यार्ड दूर चाय की दूकान पर ले गया।

मैं भी चला गया। क्यों गया, ऐसा कोई रोक कर पूछेगा तो मेरे पास उसका जवाब नहीं होगा। पर मैं गया।

चाय की दूकान में बिल्कुल भीड़ नहीं है।

हम बीचों बीच एक ख़ाली मेज़ के पास बैठ गये। उसने चाय का ऑर्डर दिया। "एक चाय।"

"दो चाय," मैंने उसके दिये हुए ऑर्डर को सुधारा।

'नहीं। एक चाय।" उसने मुझे सुधारा। "मैं चाय नहीं पीता।"

"तो मैं भी नहीं पीता।" मैं बोला। "मुझे लगा कि हम दोनों पियेंगे।"

उसने कहा, "रहने दो। दो चाय।"

वेटर चला गया।

"आप मुझे यहाँ क्यों लाये हैं?" मेरा बेचैन सवाल।

"आप के हिसाब से क्या होगा?" उसका सवाल।

बोलने से तो वकील लगता था, वरना इस कदर टेढ़ी बात न करता। पर मुझे कैसे पहचानता था और यहाँ क्यों लाया?

"मेरा कोई हिसाब नहीं।" मैं भी वकील की तरह जवाब देता हूँ।

चाय आयी।

"नहीं पीयेंगे तो भी चलेगा।" उसने मुझसे कहा। "अगर मँगायी नहीं तो बैठने नहीं देंगे, इसीलिये मँगायी। तो मैं बी. एन. माण्डके। वकील हूँ।"

मैं कहने वाला था कि यह तो मुझे लगा ही था, भरसक कोशिश करके मैंने ख़ुद को रोकता हूँ। तात्या कहते थे वकील दस मील से दूर से भी पहचाना जाता है—ग़लत नहीं कहते थे।

"आपको फौजदारी के केस में अटका कर मैं सलाखों के पीछे डाल सकता हूँ, पर इसकी बजाय इशारा देने के लिए यहाँ लाया हूँ। समझने वाले को इशारा काफ़ी है।" ऐसा कह कर माण्डके नामक वह वकील मेरी तरफ ऐसे देखने लगा जैसे कोई पुलिस अधिकारी किसी गुनहगार को देखता है। मेरी बेचैनी बढ़ गयी। कोई मेरे साथ इस तरह बात करे, मुझे पकड़ लेने वाली नज़र से देखे—मैं इस बात का आदी नहीं।

मामला गड़बड़ दिखता था।

"जो कहना है, खुल कर कहिए।" मैंने ज़रा गुस्से में कहा। "गोल-मोल बोलने में क्यों वक़्त ज़ाया करें?"

"ठीक है। आप किसके साथ रहते हैं?" माण्डके वकील बोला।

फ़िल्मों में ऐसे वक़्त पर बैकग्राउण्ड में गाँगा बजता है। ढँण्ण्ण्ण...

वैसा ही गाँगा मेरे मन में बजा।

"आपको मतलब?" मुझे अचानक सवाल सूझा। बहुत दिनों में मैंने इस तरह से किसी से बात नहीं की है। गुस्सा आने पर मुझे मज़ाक सूझता है पर अब वैसा नहीं होता।

"मिस्टर, आवाज़ नीचे रखो।" माण्डके बोला। "गुस्सा दिखाने की ज़रूरत नहीं। बहुत बुरा होगा।"

"होने दो। जो करना है, कीजिये।" मेरा संयम छूट गया है। "मैं कोर्ट का आरोपी नहीं हूँ।"

हमारी आवाज़ें चढ़ रही हैं, यह गल्ले पर बैठे मालिक के ध्यान में आता है। अपने बैठने की जगह से वह हमारी तरफ़ देख रहा है।

माण्डके वक़ील अब समझदारी से पेश आता है। "जोशी," उसके समझाने में फ़िक्र का नाटक है। "आपने एक बेकार की परेशानी को घर में जगह दी है।"

पलभर में सब याद आया। एक लम्बे अर्से तक जो बात नज़रअन्दाज़ कर दी थी, वह सामने आकर खड़ी हो गयी।

"वो मेरा निजी सवाल है।" मेरा सुर अब और भी रोबीला हो जाता है।

"नहीं। सवाल मेरे क्लाइंट का भी है" माण्डके बोला "क्योंकि वह आपके द्वारा रखी हुई औरत का क़ानूनी पति है।"

मेरे मन में फिर से घण्टा बजता है। पहले से भी ज़ोर से।

जो होने की सम्भावना हमेशा नकारता रहा, वह ही आज हो रहा था।

32

"कोई भी पति अपनी पत्नी को इस तरह बेसहारा नहीं छोड़ता।" कहने को कुछ और नहीं सूझा तो मुझे 'ताली' के डायलॉग्ज़ याद आने लगे।

"जिसे पत्नी बना कर घर में रखा, वह धन्धा करने वाली कुलटा हुई तो?" माण्डके वकील का सवाल। "फिर पति क्या करे?"

"माण्डके, मुँह सँभाल कर बात करो।" मैंने इशारा किया। कभी-कभार कसरत किए हुए मेरे बाजू फड़कने लगे।

"आपके बारे में अभी तक एक भी ग़लत शब्द मैंने इस्तेमाल नहीं किया है।" माण्डके बोला। "पर हम बेकार की बहस में क्यों जा रहे हैं? पिछले तीन साल से आप जिस औरत के साथ रह रहे हैं वह मेरी क्लाइण्ट की क़ानूनन पत्नी है और इसीलिए आपके ख़िलाफ़ उसे बहकाने का और अपहरण का और एक शादीशुदा औरत को ग़ैर-क़ानूनी तरीक़े से घर में रख कर उससे धंधा करवाने का..."

"माण्डके, सँभालकर!" मेरा गुस्सा अब मेरे काबू में नहीं है।

"देखिये जोशी, मैं आप पर कोई इल्ज़ाम नहीं लगा रहा हूँ पर कौन से इल्जाम लग सकते हैं, यह बता रहा हूँ।" माण्डके बोला। "मैं जानता हूँ, आप एक शरीफ़ और सज्जन इन्सान हैं और यह चालाक औरत आपको इस्तेमाल कर रही है। पर अपने क्लाइंट के हितों को सँभालना मेरा कर्तव्य है और उसमें मैं कोताही नहीं कर सकता।"

"आप क्या चाहते हैं?" मैं भिड़ता हूँ।

"सही सवाल पूछा।" माण्डके बोला। "मेरे क्लाइंट को आपसे एक लाख रुपए मुआवज़ा चाहिये।"

लगता है कि माण्डके ने मेरी आर्थिक सम्पन्नता की ख़बर रखी है।

"यानी उनके हिसाब से यह उनकी बीवी की बाज़ार की क़ीमत है?" मैंने फिर भी तूल नहीं दिया।

"नहीं, यह आपकी क़ीमत। इससे ज़्यादा मुआवज़ा देने की आप की औक़ात नहीं।" माण्डके ने कहा।

"ख़ामख़्वाह औक़ात से बढ़ कर माँगने से क्या फ़ायदा?"

"एक धेला नहीं दूँगा।" मैं बोला।

"तो फिर क़ैदखाना पक्का, मिस्टर जोशी। ऊपर से बदनामी होगी सो अलग।" माण्डके बोला।

सोचा था कह दूँ, होने दो, कीजिये जो मन करे। पर मन ने लगाम खींच ली। बेकार में झगड़ा करने से क्या फ़ायदा? मैं पेट पालने वाला आदमी। यह वकील सच कह रहा है।

शान्ता के अतीत के बारे में थोड़ा-बहुत अन्दाज़ा होने के बावजूद मैं बेफ़िक्र रहा। कभी खोद कर पूछा नहीं। उसने जो बताया, उसे सच मान लिया। पूछताछ नहीं की। किसी मायाजाल में इन्सान फँसता है, वैसे फँस गया और आँखें बन्द किये

सात साल उसके साथ गुज़ार दिये। मैंने भले ही आँखें मूँद ली थीं, पर दुनिया क्यों मूँदने लगी? उसके पति ने तो बिलकुल नहीं मूँदी थीं। उसका अतीत अब उसकी खोज में मुझ तक पहुँचा था, इस माण्डके वकील के रूप में। उसका नालायक पति मौक़े का फ़ायदा उठा कर मुझसे पैसे वसूल चाह रहा था। ब्लैकमेलिंग।

मेरी बोलती बन्द हो गयी। समझ गया कि मैं तकलीफ़ में आ गया। यह वकील मुझे छोड़ने वाला नहीं। उसकी नज़रों ने यह जान लिया है कि मैं नरम पड़ गया हूँ। अब उसने अपनी चाल बदली।

''जोशी, मैं समझ सकता हूँ कि इसमें आप बकरा बन रहे हैं। आपने किसी पर दया दिखायी और आज आपको उसका मुआवज़ा भरना पड़ रहा है। पर मैं मजबूर हूँ। मैं मेरे क्लाइंट का हित देखूँगा। उस औरत ने उसे इस कदर सता कर छोड़ा है कि अब उसका पीछे हटना सम्भव नहीं।''

माण्डके की भोंदूगिरी का ही फ़ायदा उठाने का सोच कर मैं उसी से सलाह पूछता हूँ।

''ऐसे परिस्थिति में मुझे क्या करना चाहिए? आप क्या सलाह देंगे?''

''औरत को छोड़ दीजिये।'' माण्डके बोला। ''उसे घर से निकाल दीजिए। उसका नामोनिशाँ घर पर मत रखिये। मैं अपने क्लाइंट को बता दूँगा कि आपने तो कबका उसे घर से निकाल बाहर कर दिया है। माल ही ग़ायब कर दिया तो केस कैसे खड़ा रहेगा?''

''ठीक है। वैसा ही करता हूँ।'' मैं आश्वासन देता हूँ।

''कब?'' माण्डके बोला। ''आप करेंगे तो पता चल ही जाएगा; हम चौकन्ने हैं। नहीं करेंगे तो भी पता चलेगा। इसके लिये आपको एक दिन देता हूँ।'' यह कह कर माण्डके वकील ने मुझसे विदा ली और वह कहाँ गया, पता ही नहीं चला।

33

मैं बस स्टॉप पर वापस आता हूँ। बस आयी है। बस में चढ़ता हूँ। रास्ते में तय करता हूँ। चाहे जो हो जाये, शान्ता को घर से नहीं निकालूँगा। जो होना है, हो जाये। शान्ता मेरे ही घर में रहेगी।

घर पहुँचता हूँ। रात के करीब साढ़े ग्यारह बज रहे हैं। यानी उतनी भी

देर नहीं हुई है। कई बार इससे भी देर से मैं मसाज़ के ग्राहक ख़त्म करके घर लौटता हूँ। शान्ता मेरा खाना रख कर सो जाती है। मैंने ही उसे ऐसा करने को कहा है।

मैं बेल बजाता हूँ।

राह देखते खड़ा हूँ पर शान्ता की नींद खुल रही है। ऐसे इमर्जेंसी में लगे तो मेरे पास लैच की चाबी रहती है। इस चाबी से लैच खोल कर घर में घुसने की बारी अब तक तो कभी आयी नहीं। वह चाबी निकाली और लॉक में डाली पर दरवाज़ा खुलता नहीं।

दरवाज़ा अन्दर से बन्द है।

ऐसा कभी नहीं हुआ। आज ही क्यों हुआ?

सोचते हुए बाहर खड़ा था। यह सोच कर दरवाज़े की बेल फिर से बजाता हूँ कि ग़लती से शान्ता ने दरवाज़ा अन्दर से लॉक कर लिया लगता है। अन्दर कोई हलचल सुनायी नहीं पड़ती। राह देख कर मैंने तीसरी बार बेल बजायी है। अन्दर ख़ामोशी। थोड़ी देर राह देख कर और एक बार मैंने बेल बजायी है। थोड़ी ज़ोर से ही बजायी। ज़ोर से बजती है।

पड़ोस के घर में बत्ती जल रही है; पर मेरा दरवाज़ा खुलता नहीं।

छॅ! लगता है शान्ता बहुत ही गहरी नींद में है। इतने ज़ोर से बजायी उसे सुनायी नहीं देती, इसका मतलब क्या? पड़ोसी जाग गये पर यह कैसे जागती नहीं?

शक होता है, ठीक तो होगी ना? सवेरे सिरदर्द और शरीर में हरारत की शिकायत कर रही थी। बुख़ार तो नहीं चढ़ा? बुख़ार की ग्लानि में दरवाज़ा लॉक हो गया होगा।

मैं खिड़की के पास जाता हूँ। खिड़की के सुराख़ से अन्दर हल्की आवाज़ देता हूँ, "शान्ता।"

अन्दर ख़ुसफ़ुस होती है।

लगता है, वह जाग गयी है। अब दरवाज़ा खोलेगी। मैं राह देखता हूँ पर आगे कुछ नहीं होता।

अब मेरे मन में दूसरा शक आने लगता है।

ऐसे शक बिना किसी वजह के नहीं आते।

पिछले कुछ दिनों से मुझे शान्ता का बर्ताव खटकने लगा है। बार-बार ऐसे

लगता है जैसे वह मुझसे कुछ छिपा रही है। मेरे साथ वह आजकल बड़ी रूखी-रूखी रहने लगी है। यह सारी बातें याद आने पर मैं गुस्से में, जितनी ज़ोर से सम्भव है, उतने ज़ोर से दाँत भींच कर बेल बजाता हूँ। वैसी ही दबा कर रखता हूँ।

बेल की आवाज़ उस रात की शान्ति को भंग करते हुए पूरी मंज़िल पर सुनायी देती है।

और भी ब्लॉक्स में दिये जलते हैं।

"शान्ता, दरवाज़ा खोलो," मैं साँकल ज़ोर-ज़ोर से बजाने लगता हूँ। पता नहीं कहाँ से इतना जोश आ गया बदन में?

दरवाज़ा खुलता है।

मैं दरवाज़े से अन्दर घुसता हूँ। देखता हूँ।

शान्ता खड़ी है। हमेशा की तरह ही लग रही है। उनींदी सी। अस्त व्यस्त-सी।

वो कुछ नहीं कहती। कुछ पूछती भी नहीं। दरवाज़ा खोलती है, चुपचाप जा कर बिस्तर में लेट जाती है।

"खाना ढक के रखा है," बिस्तर से उसके नीरस शब्द। वह सो जाती है। कम-से-कम वैसा लगता है।

घर में पीछे का दरवाज़ा है। वहाँ से कोई बाहर जा सकता है। मेरे मन में विचार।

दिल करता है वह दरवाज़ा खोल कर बाहर देखूँ।

वो खुसफुस कैसी थी? दरवाज़ा खोलने में देर हुई। क्यों हुई?

मैं आऊँगा, यह जानते हुए भी उसने दरवाज़ा अन्दर से लॉक किया था। क्यों?

दिल में उठे सवाल कुछ भी करने से शान्त नहीं होते। घूमा हुआ दिमाग़ और भी घूमने लगता है। दिमाग़ में माण्डके वक़ील है अभी।

घर में शान्ता के अलावा और कौन था? कोई तो था। अकेली शान्ता घर पर थी, इस बात पर विश्वास नहीं हो रहा है। ढक कर रखा हुआ खाना खाए बग़ैर, बिस्तर की तरफ न जा कर मैं आरामकुर्सी में जा कर बैठ जाता हूँ। बैठा रहता हूँ। दिल में तूफ़ान मचा है।

घर में शान्ता के अलावा और कौन था? कौन था?

एक तरफ़ मैं ख़ुद को बताता रहता हूँ कि मेरा शक बेवजह है।

और मैं ही ख़ुद को पूछता रहता हूँ, कौन था? कौन था वह?

बहाने से दो बार बाथरूम जा कर उसे अन्दर से निहारता हूँ। रसोईघर

देखता हूँ। बन्द कपाट देखता हूँ। मेरी नज़र मुझी से अनजान है। मुझे किसी निशानी की तलाश है पर कैसी निशानी, मैं नहीं जानता।

पागलों की-सी अवस्था।

इन कपाटों में से किसी में तो जा कर छिप नहीं बैठ होगा?

कौन?

मैं नहीं जानता।

उस रात मैं नहीं सोता। सो नहीं पाता। मन की शान्ति भंग हो गयी।

34

दूसरे दिन का सवेरा। शान्ता बिस्तर में। मैं आरामकुर्सी में। हम जग जाते हैं। कोई किसी से बात नहीं करता। दोनों काम में लग जाते हैं।

शान्ता की दिनचर्या रोज की तरह शुरू हुई है। वह मुझसे कुछ नहीं पूछ रही। मैं उससे कुछ नहीं पूछ रहा। उसका दिन तो हमेशा की तरह शुरू हुआ है पर मेरा तो ख़राब हो गया है। उससे अनजाने में मेरी नज़र उसकी हलचल की बारीकियाँ देख रही है। दिमाग़ उनमें छिपा हुआ अर्थ ढूँढता है।

छी। छी। एक पल मुझे खुद से घिन होने लगती है।

ये मैं क्या कर रहा हूँ? क्या कर रहा हूँ मैं?

वक़ील कहलाने वाले किसी इन्सान के कुछ कहने से मुझमें इतना फ़र्क़?

वो वकील भी था, क्या सबूत है?

ब्लैकमेलर रहा होगा।

ये भी तो हो सकता है कि मुझसे पैसे ऐंठने के लिए उसके सड़े हुए दिमाग़ से वह सारी बातें निकली हों?

हो सकता है। फिर भी दिल को शक के साँप ने जो डस लिया है उसका दंश नहीं जाता। मैं कोई दूसरा ही हो गया हूँ। हो सकता है, उसने सच कहा हो। शान्ता नाम की इस औरत के बारे में मुझे क्या पता है? यह मेरी ग़ैरहाज़िरी में क्या करती है, कहाँ जाती है, किससे मिलती है, मेरे पीछे घर में इसका क्या चलता रहता है, देर तक बाहर रहती है तब किसके साथ होती है, क्या पता?

मैं विश्वास करता रहता हूँ पर...

दिमाग़ का दही हो गया है।

और मज़े की बात यह कि शान्ता यह सब देख रही है, पर बर्ताव ऐसे कर रही है जैसे वह नहीं जानती कि मुझे कुछ हुआ है। मुझसे पूछती, अपनी तरफ़ से कोई सफ़ाई देती। कुछ बताती, कहती, पर नहीं।

शान्ता ठण्डी है।

वो दिन चला जाता है। दूसरा आता है। वह ख़त्म होता है। मेरा काम यन्त्रवत चल रहा है। फ़ोन आ रहे हैं, मैं ले रहा हूँ। कभी शान्ता ले रही है। फ़ोन के बारे में मुझे बता देती है। मैं तय किये समय पर बाहर जाता हूँ। देर तक बाहर काम करता हूँ। घर आ कर खाता हूँ, सोता हूँ। सारी कवायद हमेशा की तरह चल रही है। फ़र्क़ एक—दिमाग़ में कैसे-क़ैसे ख़याल आते हैं? कैसी-कैसी कल्पनाएँ सूझती हैं? मैं इतना विकृत हूँ? इतना सड़े हुए दिमाग़ का हूँ?

मुझे अपने-आप ही से घिन आती है।

शान्ता से बातचीत बन्द है। एक ही छत के नीचे रहते हैं, पड़ोसी, पर सब कुछ शान्त। ज़्यादा-से-ज़्यादा काम के लिए एकाध शब्द का लेन-देन होता है। वह भी सिर्फ़ खिंचाव।

घर खाने को दौड़ता है। जान खाने को दौड़ती है।

मन में ऐसे-ऐसे ख़याल आते हैं कि लगता है मन को कहीं छोड़ कर भाग जाऊँ। घर छोड़ कर चले जाने का मन करता है। ऐसे साथ का क्या मतलब है? घर लौटने में ही क्या रखा है? पर मैंने क्या किया है जो मैं घर छोड़ कर चला जाऊँ? मैं ही क्यों? जाना है तो वह जाये। पर उसने भी कुछ किया है, इस बात का मेरे पास क्या सबूत है?

सबूत एक ही—माण्डके वकील। बेसिर-पैर का। मिला और आग लगा कर चला गया।

एक-दूसरे के बिना बोले बत्तीस या चालीस साल एक साथ रहने वाले दम्पती से चार साल पहले एक बार भी मुलाक़ात हुई थी। चार बच्चे थे। मुझसे दोनों ने बातचीत की पर एक-दूसरे से बरसों में एक शब्द भी नहीं कहा था। आपको आश्चर्य हुआ? बात बढ़ा-चढ़ा कर बतायी-सी लगी थी। यह कैसे सम्भव हो सकता है?

इन चार दिनों में समझ गया कि सम्भव है। अपना भी ऐसे हो सकता है।

इसी वक़्त तय करता हूँ। ऐसा नहीं होने दूँगा।

यहाँ तक पहुँचा यह खेल अब ख़त्म करना होगा।

माण्डके नाम के वकील ने कहा इसीलिए नहीं; पर उससे भेंट होने के बाद का यह सब सच है।

खेल ख़त्म ही है।

चलो। किसी को तो फैसला करना चाहिये...मैं कर लेता हूँ।

35

आख़िरी दिन।

शान्ता सवेरे हमेशा की तरह उठती है, सवेरे की पहली चाय सामने ला कर रखती है। मेज़ के दोनों तरफ़ बैठ कर दोनों एक साथ पीते हैं। यह नियम अब भी टूटा नहीं। वह सामने चुपचाप चाय के घूँट पी रही है।

कहीं खो गयी-सी लगती है। मैं बीच-बीच में उसकी तरफ़ देखता हूँ।

वो यादगार सवेरा मन में जाग गया है। उसे घर लाया...उस रात के बाद की सुबह...बिस्तर में...

आज भी शान्ता वैसी ही दिखती है। छोटी बच्ची की तरह मासूम, निष्पाण, अभी-अभी उठी-सी अस्त-व्यस्त। किसी को भी आगे बढ़ कर नाक, गालों पर झुक आयी ज़ुल्फ़ें हटाने के मोह में फँसाने वाली-सी।

वो होंठ, इन्तज़ार करने वाले। नाज़ुक गुलाबी कान, होठों में पकड़ने का मोह जगाने लायक। वह सीधी, थोड़ी उठी हुई नाक, जिस पर प्यार से नाक घिसी थी मैंने...

सब कुछ वैसा ही, पर यह मेरा नहीं था, मेरा नहीं। मेरे मन की शान्ता भी कब थी? या शायद नहीं ही थी। किसी के इस्तेमाल के बाद वह मेरी ज़िन्दगी में आयी। और पता नहीं कब, किसी और की हो गयी। मैं सिर्फ़ बीच का स्टेशन।

डैम वकील माण्डके। उसने मेरा बहुत नुक़सान किया है। बहुत।

वो न मिलता तो मैं अपने ही ओढ़े हुए अज्ञान में, भले ही गधा था, पर सुखी था। उसने सामने होता तो इस वक़्त मैं उसे काट कर रख देता।

दिल कड़ा करके मैं अब मेरे सामने बैठी जानी-अनजानी औरत से कुछ कहने वाला था।

इसमें वह सब नहीं होगा जो माण्डके ने बताया। मन में जो कचोट रहा है वह भी नहीं होगा।

किसी के पूर्वायुष्य की कथा नहीं होगी, विश्वासघात की दास्ताँ नहीं होगी।

ख़ामख़्वाह लम्बी-चौड़ी रामायण नहीं चाहिये।

“शान्ता, मैंने एक फ़ैसला किया है। इस घर से किसी एक को जाना होगा। तुम कहाँ जाओगी? घर के बग़ैर रहने की तुम्हें आदत नहीं। अभावों में जीने का अनुभव नहीं। ऐशो-आराम के बग़ैर तुम नहीं जी सकती। इस घर में यह सब इसीलिए आया क्योंकि तुम्हें चाहिये था। यह सब संसार तुम्हीं ने जमा किया है। बढ़ाया है। मैं सब के बग़ैर जी सकता हूँ। मैं वैसे जिया भी हूँ। तो, मैं जाता हूँ।”

पर मेरे यह सब कहने से पहले ही शान्ता ने कहा, “मैं आज यह घर छोड़ कर जा रही हूँ।”

क्या??

मैं देखता रहता हूँ।

क्या कहा?

जो मैं कहने वाला था वही...कह बैठी वह।

नाज़ुक नाक फूली है। होंठ भिंचे हुए। गर्दन के पास की नस फूली हुई। नज़रें चुरा रही है।

मन में आँकड़े गिनता हूँ, एक...दो...तीन...चार....

“अपने गहने मैं लिये जा रही हूँ। बैंक बुक आलमारी के अन्दर वाले दराज़ में रखी है। नौकरों को ऊपर से दिये हुए पैसे एक काग़ज़ पर लिख कर रखे हैं। वह काग़ज़ वहीं मिलेगा। सारे बिल चुकता कर दिये हैं।”

मेरे गले से एक अक्षर नहीं निकलता।

वो अ़न्दर से भरा हुई बैग ले आती है, खोल कर मेरे सामने खिसकाती है।

“देख लीजिये। इतनी ही लिये जा रही हूँ।”

आँखों के सामने बैग नहीं, गहरी धुन्ध है। मेरा मैं बचा ही नहीं है।

इसने तो घर छोड़ने की पूरी तैयारी ही कर दी थी।

कैसे? मुझे माण्डके वकील मिला था, यह बात तो मैंने अब तक उसे बतायी नहीं। फिर, इसने घर छोड़ने का निर्णय क्यों लिया होगा? पूरी तैयारी क्यों की होगी? इसका मतलब, यह घर छोड़ने वाली ही थी। यह तय करके ही वह हमेशा की तरह बर्ताव कर रही थी।

घर छोड़ कर कहाँ जायेगी, यह भी तय हो गया होगा।

जिसको ज़िन्दगी भर का साथी माना, वह न जाने पिछले कितने दिनों से मेरे पीठ पीछे मुझे छोड़ कर जाने की तैयारी कर रही थी। बस, मुझे बताना बाक़ी था। पूछना नहीं, बताना। वह भी हो गया।

36

अध्याय ख़त्म हुआ। दिल ने कहा, कारण कोई भी हो।

जीवन का यह मोड़ भी अब पीछे छूट रहा है।

असिस्टेंट नम्बर चार, कल से नयी शुरुआत। नया मुहूरत। नया कोरा एक्साइटिंग स्क्रिप्ट जिसका पहला दिल को छू लेने वाला सीन आधा-अधूरा हाथ आया है। नयी अज्ञात लोकेशन, जो सीधी पर्दे पर नज़र आयेगी। तू ही विलेन और तू ही हीरो। डायरेक्टर तू, चौथा असिस्टेंट तू, दर्शक भी तू ही।

प्रोड्यूसर अपना हमेशा का। आश्वासन दे कर मुकर जाने वाला। बाउन्स होने वाले चेक फाड़ने वाला।

चेहरे की हँसी बरक़रार है; क्योंकि कैमरा ऑन है। कैमरा ऑन है और हीरोइन पिक्चर छोड़ कर निकली है।

खड़ा हो गया। दरवाज़े के पास जा कर चप्पल पहनीं और बाहर निकल गया। पीछे देखने का सवाल ही नहीं था। पीछे था क्या?

जहाँ कदम ले चले, वहाँ भटका। अच्छी-ख़ासी दारू पी ली। दो फ़िल्में देखीं। उसमें से कुछ भी याद नहीं आता। देखते वक़्त भी समझ में नहीं आ रहा था। आख़िरकार घर लौटा, तब रात के दो बज रहे थे।

सीढ़ी चढ़ते वक़्त याद आया। वह ही वक़्त...मैडम रास्ते पर मिली थीं और उन्हें ले कर घर आया था...वो ही।

अपनी हिन्दी फ़िल्म। इत्तेफ़ाक़ होगा ही।

आज सीन अलग था। सन्नाटा। क्लोज़ शॉट—दरवाज़े का ताला। मीडियम क्लोज़—दरवाज़े के सामने खड़ा मैं। अकेला, भूत की तरह। ताला खोल कर आगे क्या होगा? कुछ नहीं होगा। दी स्टोरी हैज ऑलरेडी एण्डेड। मैं ताला खोलता हूँ। मेरे पीछे से कैमरा। ट्रॉलिज़ इण्टू द हाउस। अँधेरा। कुछ नहीं। कैमरा रोल्स। कुछ नहीं होता। कैमरा रोल्स। रोलिंग। घटता नहीं। अब क्या होगा? मरने को क्या होगा? याद आता है, साली बिलकुल आर्ट फ़िल्म की सिचुएशन है। कुछ नहीं होता।

दुनिया भर की सारी आर्ट फिल्म्स अब मैं समझ चुका हूँ। लात से बिस्तर फैलाया। जैसा था, बिस्तर में लेट गया। पता नहीं कितनी देर, बहुत देर। जागा हूँ। ज़ोर-ज़ोर से बातें कर रहा हूँ। गोदार, तुझे सलाम। तारकोवस्की, तुझे भी सलाम। मणि कौल, सलाम। कुमार शहानी, सलाम। आप सब लोग जो कहना

चाहते हैं वह मुझे अब समझ आ रहा है। कुछ हो रहा है, ऐसा लगता है, पर वह केवल एक वहम होता है। असल में कुछ घटता ही नहीं। हम मीलों चलते हैं पर एक ही जगह पर। जी लगा कर भागते हैं पर एक ही जगह पर। जी-जान से प्यार करते हैं, पर कुछ नहीं करते। सब केवल वहम। काफ़ी कुछ पीछे छूटता-सा लग रहा है; पर वह आगे भागता है, हम वहीं होते हैं, जहाँ होते हैं। माया मेमसाब, शान्ता मेमसाब...

जाने कब नींद आ गयी है।

नींद खुली तो सुबह हो चुकी थी।

सवेरा मुझे पहले से ही पसन्द है। बीती बातें भूल कर नयी शुरुआत करने की बेला।

फिर ध्यान में आता है, फ़ोन कब से बज रहा है।

''हैलो''...वहीं से मूँदी आँखों से मैं।

फिर ध्यान में आया कि फ़ोन इस तरह मेरे यहाँ और रिसीवर के कमरे के दूसरे कोने में रहने से नहीं लिया जा सकता। उसके लिए आँखें खोलनी होगीं, बिस्तर से उठना होगा। रिसीवर की ओर जाना होगा। फ़ोन करने वाले को गालियाँ देते हुए गया उठ कर। रिसीवर हाथ में लिया।

''हैलो...''

किसका फ़ोन होगा?

पूना से भाई उर्फ़ पुलंकी पत्नी सुनीता बाई।

अब उन्हें याद नहीं आयेगा।

अपने कानों पर विश्वास नहीं हो रहा था। सपने में हमेशा जिनका बुलावा आये, जिनको मसाज करने का मौक़ा ज़िन्दगी में एक बार तो मिले—ऐसी तमन्ना किया करता था, वह ही पुलं की पत्नी थी फ़ोन की दूसरी ओर।

''नमस्कार। मसाज करने वाले आनन्द जोशी आप ही हैं ना? भाई को आपसे मसाज कराना था।''

विश्वास नहीं हो रहा था। कैसे होगा? मैं ठीक से सुन रहा हूँ न? या कल रात का नशा अभी भी नहीं उतरा? सचमुच मैंने फ़ोन लिया है या सपना देख रहा हूँ? क्या हो रहा है—कुछ समझने से पहले ही गले से रुलाई फूट पड़ी।

रिसीवर पर हाथ पकड़ कर जैसे-तैसे सम्भाला पर उस ओर कुछ तो महसूस हुआ ही होगा।

अब वह क्या समझेंगे कि जोशी नाम का मसाज वाला फ़ोन में क्यों रो रहा है?

जल्दी-से आवाज़ साफ़ की और फ़ोन में कहा, ''माफ़ कीजिये, गले में कुछ हो गया था। आनन्द जोशी घर पर नहीं हैं। मतलब वे परसों विदेश चले गये। जी, कब आएँगे? पता नहीं। आने के बाद उनको बता दूँगा। फ़ोन करने के लिए कहूँ? नहीं? अच्छा ठीक है। नमस्कार। मैं? मैं... उनका सेक्रेटरी बोल रहा हूँ, सेक्रेटरी... ।''

खट्।

37

तो ऐसी बात है। एक जन्मसिद्ध चौथे असिस्टेंट की ज़िन्दगी की बात। वह ही बता रहा था। कहाँ शुरू की और कहाँ पहुँचा, देखिये।

विषय था—मसाज।

इस तरह से किसी के न पूछने पर भी हम अपने बारे में बताते जाते हैं वह भी एक मसाज ही है, नहीं? खुद-ही-खुद को किया हुआ।

चलिये। वक़्त अच्छा बीता मेरा। आपका कैसे बीता, नहीं पूछूँगा। कौन बड़बड़ाने वाला पूछेगा? जी हल्का हो गया, बात ख़त्म।

बाय।

❑❑❑